O Tambor Africano

e outros contos dos países africanos de língua portuguesa

O Tambor Africano

e outros contos dos países africanos de língua portuguesa

Angola, Cabo Verde, Guiné-Bissau, Moçambique e São Tomé e Príncipe

Seleção e adaptação de Susana Ventura

São Paulo – 2013
1ª edição

© *Copyright*, 2013 – Volta e meia
2013 – 1ª edição. Em conformidade com a Nova Ortografia.
Todos os direitos reservados.

Editora Volta e Meia
Rua Engenheiro Sampaio Coelho, 111
04261-080 – São Paulo – SP
Fone/fax: (11) 2215-6252
Site: www.editoravoltaemeia.com.br

Seleção e adaptação: Susana Ventura

Revisão: Mara Ferreira Jardim e Marli Ramos Ventura

Projeto gráfico e Editoração eletrônica: Viviane Santos

Capa: Viviane Santos

DADOS INTERNACIONAIS DE CATALOGAÇÃO NA PUBLICAÇÃO (CIP)
ANGÉLICA ILACQUA CRB-8/7057

O tambor africano e outros contos de países africanos de língua portuguesa / seleção e adaptação de Susana Ventura – São Paulo : Editora Volta e Meia, 2013.
92 p.

Bibliografia
ISBN: 978-85-65746-27-4

1. Literatura juvenil africana 2. Contos populares africanos I. Ventura, Susana

13-0983   CDD 028.5

Índices para catálogo sistemático:
1. Literatura juvenil

Índice

Apresentação   7

Angola   11

Os dois viajantes   13

A raposa e a toupeira   15

A rã Mainu, o filho de Kimanauaze e a filha do Sol e da Lua   18

Cabo Verde   27

História do boi Blimundo   29

Tio Lobo e a figueira encantada   35

Peixinho   43

Guiné-Bissau   49

O tambor africano   51

Um julgamento	54
As três verdades	57

Moçambique	59
O princípio do mundo	61
Ano de Sol	64
A filha do Rei	72

São Tomé e Príncipe	75
A história do cãozinho fiel e de seu dono	77
O Rei e a tartaruga	79
A comadre tartaruga e seu compadre Gigante	83

Referências bibliográficas	91
Biografia	92

Apresentação

Esta é uma coletânea de histórias recontadas a partir da tradição popular dos países africanos de língua portuguesa: Angola, Cabo Verde, Guiné-Bissau, Moçambique e São Tomé e Príncipe.

O continente africano foi dividido artificialmente pelos colonizadores europeus desde sua chegada a ele, porém radicalizaram esta divisão a partir da Conferência de Berlim, que durou alguns meses, entre o final de 1884 e meados de 1885. Naqueles meses, as principais potências colonizadoras, tendo à frente a Inglaterra, protagonizaram uma divisão da África com régua e compasso e decidiram a exploração imediata e radical do continente, que já vinha sendo espoliado e explorado há séculos.

Couberam a Portugal, nesta divisão cruel, cinco diferentes territórios: os arquipélagos de Cabo Verde e de São Tomé e Príncipe, e, na área continental, o pequeno território da Guiné-Bissau e os dois grandes territórios de Angola (voltado para o Atlântico) e Moçambique (voltado para o Índico).

Os países africanos de língua portuguesa tornaram-se independentes de Portugal em 1975 após uma luta prolongada, dolorosa, absurda e sangrenta, que ceifou as vidas e os sonhos de milhões de pessoas durante mais de uma década, condenando muitos dos sobreviventes a viverem em péssimas condições até os dias de hoje.

Conhecer a história dos países africanos de língua portuguesa é uma oportunidade rica e única, e esta coletânea pode ajudar numa aproximação de seu imaginário como existia antes do início das lutas de libertação, uma vez que quase todo o material em que se baseou este livro foi recolhido muito antes do sonho das Independências.

As histórias que aqui se recontam foram coletadas nos territórios por folcloristas, professores e missionários religiosos a partir do século XIX, em línguas diversas. Na Bibliografia, colocada ao final do volume, as fontes de pesquisa são descritas com precisão.

Espero, com este trabalho, possibilitar um contato dos leitores brasileiros com o rico acervo narrativo dos países africanos de língua portuguesa, e ajudar na propagação do conhecimento sobre a África, conforme o recomendado por duas excelentes leis federais: a Lei 10639/2003, que tratava da necessidade de estudo e conhecimento de questões da África e da afrodescendência, e a Lei 11645/2008, que determina o estudo das questões em torno das culturas indígena e africana, ampliando, no que diz respeito à África, o que estava determinado na lei anterior.

As histórias são mais curtas do que costumam ser as de padrão europeu, o que, a princípio pode causar estranhamento nos leitores acostumados às narrativas ocidentais. Na medida do possível busquei recontar histórias bem variadas: contos etiológicos e lendas, histórias de cunho filosófico ou de sabedoria e, ainda, narrativas com reis, rainhas, príncipes e princesas, para além das esperadas fábulas. Procurei 'naturalizar' elementos de civilização, sem explicá-los de maneira didática mas mantendo sua integralidade: assim sendo aparecem nas histórias, em itálico, palavras como muamba, cachupa,

Apresentação

lobolo, embondeiro, contextualizadas de maneira a serem compreendidas.

Que a leitura e fruição dessas histórias nos ajude a conhecermos melhor os países africanos de língua portuguesa e possam colaborar para a ampliação de nossos horizontes.

Susana Ventura
São Paulo, outubro de 2013

Angola

Os dois viajantes

Há muito, muito tempo, dois homens andavam por uma estrada. Passaram-se as horas e aos poucos surgiu o desejo de beberem algo. Após uma curva, viram um pequeno estabelecimento à beira do caminho: era de um vendedor de vinho de palma, que esperava pelos clientes sentado em sua esteira. Os dois homens se aproximaram, saudaram o vendedor e pediram-lhe vinho.

O vendedor disse:

– Eu já estava encerrando por hoje. Mas posso servir vocês, desde que me digam seus nomes.

O primeiro viajante disse:

– Meu nome é De Onde Venho.

E o segundo viajante disse:

– Quanto a mim, o meu nome é Para Onde Vou.

O vendedor agradou-se muito do primeiro nome e não gostou nada do segundo. Disse que só serviria vinho de palma ao primeiro viajante.

Começaram uma discussão e resolveram ir em busca do juiz para solucionar o conflito. Chegaram ao juiz, que escutou a história e disse:

– O vendedor de vinho de palma está errado. Para Onde Vou está com a razão e deve ser servido.

O vendedor pareceu muito espantado, e o juiz prosseguiu:

– Vendedor de vinho de palma, aprenda: De Onde Venho já não se consegue nada – é o passado. Se alguma esperança houver, estará em Para Onde Vou – que é o futuro.

A raposa e a toupeira

Era uma vez uma raposa e uma toupeira que eram grandes amigas. Dividiam a casa, as tarefas e o que houvesse para comer, que era sempre pouco...

Num belo dia resolveram variar a dieta. Ficou decidido que a raposa iria caçar galinhas e que, para o acompanhamento, a toupeira arranjaria alguma farinha na casa onde as mulheres da aldeia iam para moer grãos. Assim fizeram.

De manhã, saíram de casa e foram cada qual para seu lado. A raposa foi atrás das galinhas e trouxe, ao final do dia, uma bem gorda para o jantar. Já a toupeira cavou um buraco e foi seguindo, seguindo por baixo da terra até chegar à casa da farinha. Ali, encheu de farinha branquinha um saco que tinha com ela e voltou para casa.

Ah, que alegria! As duas amigas prepararam um belo cozido à angolana, uma *muamba* de galinha com bastante tempero, jantaram muito bem e dormiram felizes.

No dia seguinte ainda restava comida e elas passaram muito bem com o que tinha sobrado da véspera. Mas, no terceiro dia já não havia nada além do desejo de comerem uma boa *muamba* de galinha. Foram então novamente, cada uma para seu lado, conseguir uma nova galinha e mais um saco de farinha. Voltaram para casa, a raposa com outra bela galinha gorda e a toupeira com seu saco de farinha transbordando.

Começaram logo a preparar a comida. Quando estava tudo pronto, a raposa voltou-se para a toupeira e disse:

— Ah, comadre, mas hoje fez tanto calor! E se tomássemos um banho de rio antes do jantar?

A toupeira achou ótima a ideia e lá foram as duas. Tomaram banho, brincaram, pularam, até que a raposa disse:

— Amiga toupeira, vamos ver quem aguenta mais tempo embaixo d'água?

A toupeira aceitou na hora, e disse para a amiga:

— Vamos sim, claro. Olhe, a mim você não verá por um bom tempo.

E mergulharam as duas.

Mas acontece que a toupeira tinha cavado um túnel que ligava a beira do rio à casa das duas e, tão logo mergulhou, nadou até o túnel, entrou por ele, foi até a casa e comeu a *muamba* toda sozinha. Depois voltou, subiu até a superfície e disse para a raposa:

— Então, vamos embora para casa, amiga raposa? Estou mesmo com fome!

Quando as duas chegaram em casa viram que a comida havia sumido. A raposa, então, perguntou muito admirada:

— Quem será que levou nossa comida?

A toupeira fez-se de muito surpresa:

— É mesmo, não? Que coisa...

No dia seguinte, aconteceu algo muito parecido... e a raposa começou a desconfiar (e a não gostar nada de ir dormir com fome todas as noites).

No terceiro dia, a raposa acordou e disse:

— Amiga toupeira, hoje só vou caçar galinhas ao meio--dia, estou indisposta para sair agora.

A toupeira, por sua vez respondeu:
– Ah, então fique descansando amiga raposa. Não posso é fazer-lhe companhia: se eu não for buscar a farinha agora, mais tarde as mulheres acabam de moer a mandioca e ficamos sem um só grãozinho para nosso jantar... Até mais tarde!

Nem bem a toupeira virou as costas, a raposa pulou da cama e lá se foi para a beira do rio. Pôs-se a procurar por alguma coisa suspeita até que encontrou o túnel que levava até a casa delas!

– Ah, comadre toupeira, sua malandra! Era você mesma que nos roubava a comida toda! Por isso andava despreocupada, não é? Deixe estar que eu já vou dar-lhe uma bela lição.

A raposa, então, buscou uma rede e montou uma armadilha dentro do túnel.

Depois foi ao terreiro e caçou uma galinha gorda para o jantar.

A toupeira e a raposa prepararam juntas o jantar e depois foram para o rio nadar, como de costume. Quando a toupeira meteu-se no túnel para voltar para casa, ficou presa na rede.

Não adiantou gritar, nem espernear.

A raposa voltou para casa, comeu a *muamba* de galinha sozinha, até fartar-se. Depois disso foi dormir. Somente no dia seguinte foi ao túnel, resgatar a toupeira, que, envergonhada, desculpou-se como pôde com a sua amiga.

E foi assim que a toupeira aprendeu a lição e entendeu que não vale a pena tentar enganar os amigos. Perde-se a amizade e, além de tudo, fica-se bem envergonhada!

A rã Mainu, o filho de Kimanauaze e a filha do Sol e da Lua

Esta história é sobre o filho de Kimanauaze, sobre a filha do Sol e da Lua e, especialmente, sobre uma pequena rã, a rã Mainu.

Kimanauaze um dia foi pai de um menino. O menino cresceu e chegou à idade de casar-se. Mas o filho de Kimanauaze não mostrava desejo nenhum de se casar...

Kimanauaze disse:

– Meu filho, chegou o tempo de você se casar!

E, para sua surpresa, o filho respondeu:

– Pai, não quero me casar com nenhuma mulher aqui da Terra.

Kimanauaze entendeu que o rapaz queria ir a outras terras para buscar uma esposa:

– Então, meu filho, quer visitar outras terras para buscar casamento?

O filho o surpreendeu uma vez mais:

– Não, meu pai, eu me casarei com a filha do Sol e da Lua.

Kimanauaze achou a ideia impossível. Ele perguntou ao filho:

– Meu filho, quem poderia ir ao céu, onde está a filha do Sol e da Lua?

Mas o rapaz foi firme e disse que não haveria problemas: ele mesmo trataria do assunto.

Assim, o filho de Kimanauaze escreveu uma carta ao Sol e à Lua pedindo sua filha em casamento. A seguir, começou a procurar por um portador que levasse a tal carta.

Primeiro, encontrou um antílope e pediu a ele para entregar a carta. O antílope respondeu:

– Filho de Kimanauaze, eu bem gostaria de ajudar você. Mas não posso ir ao céu!

Depois, o rapaz encontrou um falcão, e pediu a ele que entregasse a carta. O falcão respondeu:

– Filho de Kimanauaze, eu posso voar, mas não consigo chegar à casa do Sol e da Lua. Sinto muito.

O rapaz ficou triste e guardou a carta numa caixa. Foi depois para a beira do lago e pôs-se a pensar. Ali encontrou uma rã e começou a conversar com ela, contando sobre seu infortúnio. A rã disse que se chamava Mainu e que levaria a carta, com toda a certeza.

– Mas como? – perguntou o filho de Kimanauaze – Pequena rã, você não voa e é tão pequena e frágil...

A rã Mainu voltou a afirmar que levaria a carta e a faria chegar à casa do Sol e da Lua. O filho de Kimanauaze buscou a carta e a entregou para a rã.

O que a rã Mainu e somente ela sabia era que as pessoas do povo do Sol e da Lua vinham à Terra para buscar água e faziam isso num poço que ela conhecia bem. Assim, com a carta na boca, a rã Mainu foi até o poço e ficou escondida esperando.

Dali a pouco chegaram as pessoas que eram esperadas e puseram-se a encher jarros com água. A rã Mainu se escondeu logo num dos jarros e foi levada para o céu quando as pessoas partiram.

Chegadas ao céu, as pessoas pousaram os jarros cheios d'água num canto da cozinha e foram descansar. A rã Mainu aproveitou para sair do esconderijo. Foi pulando, pulando pela casa, até descobrir onde ficava a mesa principal. Subiu na mesa e ali pousou a carta do filho de Kimanauaze.

Dali a pouco entrou o Sol em casa e, olhando para a mesa, viu aquele envelope. Perguntou logo para a Lua quem havia trazido a correspondência. A Lua disse:

– Não sei, meu marido. Vamos abrir?

O Sol abriu o envelope e encontrou a carta. O Sol e a Lua se debruçaram sobre o papel e leram o que estava ali escrito:

Senhor Sol,
Eu, filho de Kimanauaze, da Terra, desejo me casar com a filha do Sol e da Lua. Peço sua permissão para prosseguir com a corte.

O Sol e a Lua ficaram muito espantados: como a carta teria chegado da Terra até ali? O Sol guardou a carta numa caixa.

Dali a alguns dias foi novamente momento da ida das pessoas do povo do Sol e da Lua à Terra para buscarem água. A rã Mainu pulou logo cedo para dentro de um jarro e ficou lá bem quietinha. Quando as pessoas do povo do Sol e da Lua chegaram à Terra e pararam junto do poço, ela pulou para fora e foi até a aldeia procurar pelo filho de Kimanauaze. O rapaz, quando a viu, logo perguntou:

– E então, rãzinha, conseguiu levar a carta?
E ela toda feliz, respondeu:
– Consegui sim, filho de Kimanauaze. Deixei a carta sobre a mesa principal da casa do Sol e da Lua. O Sol leu a carta e ficou muito espantado, mas não mandou nenhuma resposta.
Então, o filho de Kimanauaze escreveu outra carta. Dizia ela:

Senhor Sol,
Já escrevi ao senhor e à senhora Lua. Sei que receberam aquela carta. Estou à espera da resposta: sim ou não?

Novamente o rapaz entregou a carta para a rã Mainu, que esperou junto do poço pelas pessoas do povo do Sol e da Lua, escondeu-se no jarro e foi levada ao céu. Lá chegando, uma vez mais a rã foi até a mesa principal da casa e pousou ali a nova carta.
Chegou a hora do almoço e o Sol entrou em casa. Momentos depois, percebeu que havia uma carta sobre a mesa.
– Lua, vem cá! – bradou o Sol.
Lá veio a Lua atender ao brado do marido.
– Sim, Sol, o que foi? – disse ela.
O Sol apontou para a carta. Os dois se entreolharam e a Lua disse:
– Ah, será outra carta do pretendente? Vamos abrir?
Abriram a carta e encontraram a mensagem do filho de Kimanauaze, cobrando a resposta ao pedido de casamento.
– E agora, o que fazemos? – perguntou o Sol.
A Lua sugeriu investigarem como a carta chegava da Terra até o Céu. Chamaram as moças e rapazes responsáveis por

buscar água na Terra. Ninguém sabia de nada (e a rã Mainu, escondida, via e ouvia tudo).

Por fim, a Lua disse:

– O melhor, então, é respondermos. Façamos uma carta ao filho de Kimanauaze e deixemos o envelope com ela pousado aqui mesmo nesta mesa. Se o pretendente quiser, ele manda buscar a carta pela mesma pessoa que trouxe as cartas dele!

Assim fizeram. Dizia assim, a carta do Sol ao filho de Kimanauaze:

Filho de Kimanauaze,
Concordamos com a sua pretensão à mão de nossa filha. Aguardamos a sua visita pessoal, acompanhado do primeiro presente para a noiva.

A Lua fechou a carta num envelope, pousou o envelope sobre a mesa e... ficou vigiando para ver quem é que viria buscar a carta.

Mas acontece que chegou a hora da Lua ir brilhar do céu e ela teve que sair para cumprir seu papel. A rã Mainu aproveitou para apanhar a carta e se esconder no jarro.

De volta à Terra, a rã foi à aldeia, procurou pelo filho de Kimanauaze e entregou a ele a carta do Sol. O filho de Kimanauaze ficou bem feliz, mas não tinha como ir ao céu pessoalmente. Conversou com a rã Mainu: mandaria nova carta e o primeiro presente por ela. Assim ficou combinado.

A carta dizia:

A rã Maínu, o filho de Kimanauaze e a filha do Sol e da Lua

Meus sogros,
Fico feliz por aceitarem a minha corte. Mando o presente de noivado, enquanto vocês aguardam o presente de núpcias.

A rã levou a nova carta e o principal: o primeiro presente, que era um envelope com dinheiro.

O Sol e a Lua ficaram bem satisfeitos com o primeiro presente.

Embora tentassem descobrir quem era o portador das cartas, novamente nada descobriram.

A rã Maínu voltou à Terra da mesma maneira: escondida num jarro vazio e levada pelas pessoas do povo do Sol e da Lua quando foram buscar água.

Algum tempo depois, a rã Maínu levou o presente de núpcias: um saco de dinheiro.

Desta vez, foi preciso esconder-se num jarro bem grande, o maior de todos. O carregador, um rapaz jovem e forte, estranhou o peso do jarro. Mas o Sol brilhava forte e quando o rapaz olhou para dentro do vaso viu apenas o brilho do Sol refletido.

As pessoas do povo do Sol e da Lua chegaram de volta ao céu e foram descansar. A rã Maínu saiu do jarro carregando o saco de dinheiro. Escondeu-se e, quando todos dormiam, deixou o saco de dinheiro sobre a mesa principal.

No dia seguinte, o Sol e a Lua encontraram o presente de núpcias.

O pai da noiva mandou, então, a aprovação definitiva numa carta, que dizia:

*Filho de Kimanauaze,
O noivado está concluído. Pode marcar a data e vir buscar a sua noiva.*

Quando a rã voltou para a Terra com a carta, o filho de Kimanauaze mostrou-se preocupado:
— Não posso ir ao céu para buscar a minha noiva. E agora? Precisava que ela viesse até a Terra, mas isso vai contra os costumes. O que eu faço, rã Mainu?
A rã respondeu com tranquilidade:
— Fique tranquilo, filho de Kimanauaze, porque eu cuidarei de tudo.
O rapaz não estava convencido:
— Rãzinha, levar as cartas e os presentes foi realmente notável, mas trazer a noiva aqui você não vai conseguir...
A rã voltou a afirmar:
— Confie em mim. Sua noiva chegará aqui em pouco tempo.
A rã esperou que as pessoas do povo do Sol e da Lua voltassem para buscar água e escondeu-se novamente num jarro para conseguir chegar ao céu.
Lá chegando, esperou que a casa se aquietasse e saiu em busca do quarto da noiva. Encontrou a filha do Sol e da Lua dormindo tranquilamente. A rã Mainu aproveitou e, delicadamente, retirou-lhe um olho. E a seguir retirou o outro olho da jovem. Guardou os dois olhos da noiva num lenço e foi para seu esconderijo.
Na manhã seguinte, todos na casa se levantaram.
Todos, menos a filha do Sol e da Lua.
A mãe logo deu pela falta da filha e foi até o quarto dela.

Viu-a ainda deitada e disse:
– Então, filha, não se levanta?
E a moça disse:
– Não posso levantar-me mãe, não vejo nada!
Os pais ficaram preocupadíssimos ao constatar que a filha estava tranquila, não tinha dores, mas estava sem os olhos! O Sol, então, chamou um mensageiro e enviou-o à casa do Curandeiro. Mas a Lua recomendou:
– Preste muita atenção, rapaz. Não diga ao Curandeiro o motivo de lá ter ido, diga apenas que é mensageiro aqui da nossa casa, vamos ver se ele adivinha o problema!
O mensageiro partiu e foi bater à porta da casa do Curandeiro, que era um velhinho muito sábio. Quando o Curandeiro abriu a porta, o mensageiro disse:
– Bom dia, *mais velho*.
O Curandeiro viu que o mensageiro era bem respeitoso, pois o chamara de *mais velho*. Mandou o rapaz entrar, e disse:
– Então, meu rapaz, o que quer de mim?
O jovem disse:
– Sou mensageiro da casa do Sol e da Lua...
O Curandeiro então disse:
– Já sei que você veio aqui por motivo de doença e a pessoa doente é uma jovem que sofre da vista.
O mensageiro balançou a cabeça, querendo dizer que era isso.
– Pois bem – prosseguiu o Curandeiro, a jovem doente está prometida para noiva de alguém que vive longe. A doença veio para obrigá-la a ir para junto do noivo. Diga aos pais que a mandem até a terra do futuro marido, para junto dele, porque assim ela terá sua saúde de volta.

O mensageiro memorizou bem a recomendação, pediu licença e partiu.

O Sol e a Lua escutaram o que o mensageiro tinha a lhes dizer e começaram imediatamente a preparar a viagem da jovem para a Terra. A rã Mainu, ao perceber que seu plano dava certo, foi-se esconder no jarro como de costume e de lá de dentro escutou os últimos preparativos.

O Sol mandou chamar a aranha e pediu-lhe:

– Aranha, teça, por favor, um fio muito comprido e forte, que chegue até a Terra, para que por ele eu possa descer a minha filha, que vai em busca de seu noivo.

Pela manhã, desceram as pessoas do povo do Sol e da Lua, com seus jarros para apanhar água e, pelo fio tecido pela aranha, desceu um grande cesto que levava a jovem noiva e seu enxoval. As pessoas do povo do Sol e da Lua ajudaram a noiva a sair do cesto e a colocaram sentada junto do poço para que descansasse da viagem enquanto eles apanhavam água. A rã Mainu esperou a jovem adormecer, se aproximou e restitui-lhe os olhos. Depois partiu para a aldeia em busca do noivo, o filho de Kimanauaze. Quando chegavam de volta ao poço viram a movimentação das pessoas do povo do Sol e da Lua, que comemoravam a volta da visão da noiva junto com ela fazendo um batuque, cantando e dançando. Assim que se viram, o filho de Kimanauaze e a filha do Sol e da Lua se gostaram. Casaram-se e viveram muito felizes. Mas toda a felicidade deles ocorreu pela inteligência e bondade da rã Mainu, que fez o impossível acontecer.

Cabo Verde

História do boi Blimundo

HAVIA UM BOI chamado Blimundo. Era grande, forte e amava a vida e a liberdade. Blimundo vivia nas montanhas e sentia que o mundo era seu: as rochas, despenhadeiros, ribeiras e nascentes, campos e caminhos de pedra vulcânica. Era um boi amado, porque sabia se fazer amado: respeitava tudo e todos, vivendo da sua maneira em harmonia com o mundo.

Mas, acontece que um dia o senhor Rei ficou sabendo que Blimundo existia e achou que o comportamento daquele boi feria as regras estabelecidas por suas leis. O senhor Rei também achava que o mundo era dele, mas de um jeito diferente: o mundo lhe pertencia e lhe devia obediência. O senhor Rei mandou tomar informações sobre Blimundo e, embora seus ouvidos ouvissem somente coisas boas: de como o boi era amigo de todos, amante da vida e da liberdade, o Rei pegava o que ouvia e torcia tudo, transformando, na sua cabeça, o gentil boi Blimundo numa ameaça à ordem que ele, Rei, estabelecera.

O senhor Rei mandou chamar seus conselheiros e disse:

– O que é isso afinal? Esse boi Blimundo é uma ameaça terrível à ordem estabelecida. É um irreverente, um livre pensador, um vagabundo que anda aí à vontade pelos campos, senhor de si mesmo. Já pensou se ele contamina todos os outros bois do reino com suas ideias absurdas? Como ficamos? Quem fará os trabalhos do campo, quem moverá a moenda do trapiche para fabricar mel e aguardente? Quem dará carne para a minha real mesa? Ele está se achando mais real do que eu, que sou o Rei? Que absurdo! Reúnam já o meu exército, quero deliberar!

Um dos conselheiros disse:

– Mas majestade, nunca estivemos em guerra com ninguém, este reino nem tem exército...

O senhor Rei ficou ainda mais furioso:

– Como assim! Não temos exército? Ah, mas aí está já a influência desse boi Blimundo! Imagine, deixou-nos a todos com a impressão da paz e por isso não nos preocupamos nem em montar um exército! Reúnam aí quem quer que seja que queira ser soldado e JÁ!

Reunidos alguns candidatos a soldados, o senhor Rei ordenou que fossem pelos campos afora, subissem as montanhas e achassem o tal boi Blimundo, trazendo-o à sua real presença, vivo ou morto!

Formou-se uma tropa. Armaram aqueles homens com machados, foices, arpões, facas, redes, o que se encontrasse no reino que pudesse ser considerado arma. E partiu a tropa pelos campos. Aqueles homens subiram e desceram montanhas, vales, passaram por ribeiros, fontes e estiveram na lateral de todos os despenhadeiros que por ali houvesse. Blimundo os viu chegando, ferozes. E os destroçou, não sobrando nenhum para contar a história daquela batalha.

Batalha sem história, mas acontecida, e que chegou aos ouvidos do senhor Rei bem depressa, deixando-o furioso.

O Rei conclamou a população e falou nos crimes do boi Blimundo. Assassino da tropa, fomentador de péssimas ideias, que poderiam abalar a economia do reino e colocar a todos na miséria. O boi Blimundo era uma ameaça. Assim, conclamava os valentes do reino a caçarem Blimundo, e a trazerem o boi ao palácio, vivo ou morto!

Meia dúzia de súditos acreditou piamente no senhor Rei, outra meia dúzia acreditou mais ou menos no senhor Rei, e o resto fez de conta que acreditou no senhor Rei e voltou para casa.

A meia dúzia de súditos que acreditou piamente no senhor Rei se armou de tudo o que havia em casa: facas de cozinha, pedaços de pau, estilingues, machados, enxadas, e lá se foi atrás do boi Blimundo.

Blimundo viu o grupo chegar e pensou que sua liberdade deveria incomodar muito o senhor Rei. Tentou ser cuidadoso, mas, mesmo assim, não sobrou ninguém para contar a história dessa segunda batalha...

O senhor Rei, ao saber da derrota, ficou desesperado. O boi Blimundo era um perigo público, iria destruir a ordem estabelecida, era praticamente uma ameaça à existência da humanidade!

Passaram-se os dias, e chegou aos ouvidos do senhor Rei que um rapazinho, criado das cozinhas reais, andava dizendo que, sozinho, seria capaz de trazer o Blimundo ao palácio.

O senhor Rei não esperou nem por uma hora: assim que soube disso, mandou vir o rapazinho à sua presença.

Na frente do Rei, o rapazinho confirmou o que tinha dito:

– Sim, senhor Rei, eu sou capaz de trazer o boi Blimundo aqui. Para isso preciso de um cavaquinho, uma garrafa d'água e uma bolsa cheia de milho cozido.

O Rei manifestou sua estranheza:

– Mas, meu rapaz, o boi Blimundo matou todos da tropa na primeira batalha, e os homens mais valentes do reino na segunda batalha. Você vai sozinho?

O rapaz respondeu:

— Vou sim e vou fazer o que o senhor Rei mandar fazer, mas, como recompensa, eu quero metade da riqueza do reino e a mão de sua filha em casamento.

Senhor Rei concordou. Combinou com o rapaz como ele deveria agir caso trouxesse mesmo o boi Blimundo até o palácio.

O rapaz partiu levando o cavaquinho, a garrafa d' água e a bolsa com milho cozido e foi pelos campos em busca do boi Blimundo.

A arma do rapazinho era uma canção, criada por ele e cantada aos quatro ventos, acompanhada no cavaquinho:

Blimundo, meu boi Blimundo
Senhor Rei mandou buscar
Para casar com a bela Vaquinha
Que na Praia está a esperar.
Tim-tim no meu cavaquinho
Glu-glu na minha água
Cóp-cóp no meu milho cozido

Blimundo, de seu lugar, ouviu a canção, que o encantou de pronto. Levou ainda muitas horas até sair de onde estava e ir ao encontro do rapaz, a quem perguntou:

— Rapaz, é verdade isso que você está cantando?

O rapaz garantiu que sim, e ofereceu água e milho cozido para Blimundo.

Seguiram os dois de volta para o palácio do senhor Rei, o rapaz montado no boi Blimundo e sempre a cantar sua canção:

Blimundo, meu boi Blimundo
Senhor Rei mandou buscar
Para casar com a bela Vaquinha

História do boi Blimundo

Que na Praia está a esperar.
Tim-tim no meu cavaquinho
Glu-glu na minha água
Cóp-cóp no meu milho cozido

Blimundo ia tomado de amor, levado pela canção. Dizia:
– Rapaz, não pare de cantar. Cante, cante, aqui bem junto ao meu ouvido, que eu sonho com a Vaquinha da Praia....
Assim chegaram à cidade e dali começaram a andar para o palácio. O senhor Rei mal podia crer em seus olhos: o rapaz vinha montado no temível boi Blimundo! Os moradores, fechados em casa, assistiam o passar de Blimundo e do rapaz. Ouviam a canção de amor de Blimundo, com medo do que pudesse acontecer a seguir.

O boi Blimundo ia tomado de amor, a caminho do encontro. Lembrava-se da Vaquinha da Praia e de quando a conhecera, eles ainda eram bezerros. Não pensava em nada: nenhum obstáculo, nada o impediria de chegar junto do seu amor, há tanto tempo preso nas juntas de boi de um trapiche qualquer ali da cidade. Agora, anos depois, eles iriam se reencontrar, casar e viver livres, pelos campos, senhores de suas vidas e desfrutando plenamente da liberdade.

Blimundo, meu boi Blimundo
Senhor Rei mandou buscar
Para casar com a bela Vaquinha
Que na Praia está a esperar.
Tim-tim no meu cavaquinho
Glu-glu na minha água
Cóp-cóp no meu milho cozido

Mas rapaz interrompe a canção e diz a Blimundo que eles iriam ao barbeiro real: é preciso que ele se arrume para o casamento. O barbeiro se aproxima, ladeado pelo senhor Rei. Blimundo sente um aperto no coração. Olha para o rapaz e confirma:

– É isso mesmo, você jura? Não estão me enganando?

O rapaz confirma, sorrindo, e retoma sua canção.

O boi Blimundo se deixa ensaboar, e se embala ouvindo a canção até que sente o golpe da navalha em seu pescoço. Golpeado à traição, o boi Blimundo cai. O senhor Rei se aproxima para assistir à morte de seu inimigo. O boi Blimundo reúne as forças e num coice espetacular atira o senhor Rei longe. O corpo daquele que foi o senhor Rei bate de encontro ao muro branco, tingindo-o de vermelho imediatamente.

Está morto o boi Blimundo, está morto o Rei tirano.

O rapazinho e o barbeiro fogem, mas a tragédia que eles criaram haverá de acompanhá-los para toda a sua vida.

A canção de Blimundo ficou para sempre gravada nos ouvidos e no coração de todos os que estiveram presentes, e que trataram de contar essa história até que ela chegasse aos dias de hoje.

Tio Lobo e a figueira encantada

Vou contar agora uma das histórias do Tio Lobo e de seu sobrinho bode, o Chibinho.

Era, como quase sempre acontece nas Ilhas de Cabo Verde, um período de grande fome. O Lobo e o Chibinho viviam em São Nicolau e andaram meses e meses por todos os lados e não havia meio de encontrarem comida. Sobreviviam com tão pouco que acho mesmo que conseguiram foi um meio de enganar seus estômagos naquela época. Foram, então para Santa Catarina, rodaram por lá até chegarem à Praia. Como a fome continuava, passaram a 'caçar' os animais que pertenciam aos outros... Levavam os bichos às escondidas, assavam e comiam. Para a nova atividade precisavam de cães, tanto para ajudarem a encontrar os animais, quanto para avisarem os dois quando os donos dos bichos caçados estavam chegando perto...

Logo, logo, o cão do tio Lobo morreu, e este, muito esperto, conservou a caveira do bicho. Dali em diante, o tio Lobo não saía mais à caça com o sobrinho, fazia corpo mole. Mas, tão logo o cão do Chibinho encontrava uma cabra alheia e ele tomava posse do bicho, lá vinha o tio Lobo, sacudindo a caveira do seu falecido cão, a dizer:

– Ah, que bom cão o meu, Chibinho! Foi ele que 'achou' esta cabrinha gorda...

O Chibinho não gostava nada da história, mas, como o

Lobo era seu tio, ele lhe devia respeito. Por isso dividia com ele a carne... e saía perdendo na divisão, porque o tio Lobo era um guloso daqueles.

Assim as coisas foram, até o dia em que o Chibinho aproveitou um amanhecer de grandes ventos, em que o tio estava dormindo no fundo da toca, para desaparecer para o outro lado da ilha.

Logo, logo, o tio Lobo começou a passar grande fome e ficou magro como um fiapo, amarelo que só ele! Estava pele e ossos quando voltou a se encontrar com o Chibinho, que vinha alegre, gordinho, bonito, com o pelo bem lustroso!

O Lobo foi logo perguntando ao sobrinho:

– Então, Chibinho, que gordinho e lustroso você está... enquanto eu estou aqui só pele e ossos. Onde você anda arranjando comida?

O Chibinho desconversou:

– Ah, tio, não tenho nada muito certo. Tenho é andado por aqui e por ali, sabe, desenrascando a vida… Foram aparecendo umas coisinhas aqui e acolá, que eu fui comendo para não morrer...

O Tio Lobo resolveu invocar sua autoridade de tio e disse assim para o Chibinho:

– Chibinho, meu sobrinho, você está me enganando e isso não se faz a um tio! Que desenrascando a vida que nada! Você anda é comendo coisa muito boa para estar tão gordinho e lustroso assim.

O Chibinho não voltou atrás, não. Disse que eram os olhos do tio que o viam assim, mais bonito do que ele era de verdade...

A conversa parou aí e os dias foram se passando, sem que o tio Lobo desgrudasse do Chibinho. Numa dada hora, o Lobo

Tio Lobo e a figueira encantada

começou a uivar de dor:
– Ui, ui, ui... Oh! Chibinho, meu sobrinho, vem aqui! Tenho uma coisa aqui presa nos dentes! Ai, ai!
O Chibinho veio correndo com um galhinho na mão:
– Deixe ver, Tio, vou cutucar o vão do dente aqui com este galhinho e já resolvemos isto.
O Lobo gemeu mais ainda:
– Com madeira, não, – Chibinho! Madeira serve para fazer caixão para as nossas mães quando morrem. Ai, ai, ai. Prefiro morrer com esta dor. Ai, ui, ai!
O Chibinho pensou um pouco e disse:
– Tio Lobo, já sei! Tenho aqui esta agulha. Abra a boca que vou cutucar o vão do dente com ela.
O Lobo fez um escarcéu:
– Como, Chibinho! Com agulha? Pelo amor de Deus, não! É com agulha que costuramos a mortalha das nossas mãezinhas, quando elas morrem. Prefiro morrer. Ui, ui, ui!
O Chibinho ficou muito desesperado e exclamou:
– Meu tio, não morra não! O que eu posso fazer? Com o que posso tentar cutucar o vão entre seus dentes?
O tio Lobo se jogou ao chão, olhou para o Chibinho com doçura e disse:
– Com seus dedos, Chibinho!
O Chibinho estranhou:
– Mas, tio, como é que consigo fazer com que os dedos entrem no espaço entre os dentes?
O Lobo gemeu ainda mais e disse:
– Ah, sobrinho, por favor, tente! É só esfregar um pouquinho.
Foi o Chibinho colocar os dedos na boca do tio Lobo, para

ele prender os dedos do sobrinho e dizer, entre dentes:
— Ah, malandro! Você me enganou e agora tem o troco. Chibinho, enquanto você não me disser onde tem encontrado boa comida, não largo os seus dedos!
E o tio Lobo deu um grunhido daqueles, de lobo faminto e bravo.
O Chibinho não teve outro remédio, senão contar seu segredo.
— Tio Lobo, estou tão bem porque ando bem descansado. Passo os dias escondido num vão fresquinho entre as rochas ali no alto daquele monte. Dali só saio para comer figos maduros e para beber água de fonte.
O Lobo largou os dedos do Chibinho e perguntou:
— Como assim sobrinho? Você encontrou uma figueira com figos e uma fonte com água? Nesta seca toda?
O Chibinho confirmou:
— Encontrei sim, tio. E bem escondidas estão a figueira e a fonte. É um segredo meu que não vou contar a ninguém, porque a comida está muito escassa na ilha. Todos têm fome...
O tio Lobo exigiu que o Chibinho o levasse lá.
— Meu sobrinho, seu tio aqui está só pele e ossos, está quase a deixar este vale de lágrimas que é a terra! Leve aqui este seu velho tio até esse lugar, para que ele possa comer a última refeição...
O Chibinho não teve outro remédio: e se o tio Lobo morresse mesmo de fome, ali? Com o sobrinho ingrato negando a ele uma última refeição? O respeito falou mais alto e Chibinho guiou o tio Lobo até seu esconderijo nas pedras. Descansaram um pouco ali e, a seguir, foram até o lugar em que estavam a fonte e a figueira. Primeiro, fartaram-se da água fresca e depois,

lançaram-se os dois a comer os figos maduros que estavam pelo chão. A figueira tinha muitos outros figos, todos pendurados nos galhos mais altos.

– Ah, sobrinho – disse o Lobo, agora é esperar que caiam mais frutos.

Chibinho deu risada:

– Não é preciso, tio Lobo. A figueira é mágica, quer ver? E gritou assim, para o alto da figueira:

– Figueirinha, *dixi, dixeti*!

Nem bem terminou de gritar, a figueira se abaixou e eles subiram nela.

Aí o Chibinho disse:

– Figueirinha, *subi, subeti*!

E a figueira e seus galhos voltaram ao lugar em que estavam.

Tio Lobo ficou maravilhado e pôs-se a comer figos e mais figos. O Chibinho riu-se bem da avidez do tio e pôs-se, também ele, a comer.

Ainda era cedo, de manhã, quando começaram a comer figos e os dois passaram horas lá, mudando de galho em galho, em busca mais figos. A certa altura, Chibinho disse:

– Tio Lobo, já é noite! É hora de irmos para casa! Vamos? Podemos voltar amanhã!

Tio Lobo, no entanto, não queria nem escutar falar em ir embora.

– Chibinho, se você quiser ir, vá sozinho, porque eu não vou não! Eu preciso tirar o atraso, sobrinho! Tão cedo não vou a lado nenhum.

O Chibinho bem poderia ter imaginado isso. Mas queria mesmo ir embora. Disse, então, ao tio Lobo:

— Meu tio, vou-me embora mesmo. O senhor já sabe o que fazer quando quiser ir também. E, virando-se para a figueira, disse:
— Figueirinha, *dixi, dixeti!*
A figueira desceu e Chibinho foi para o chão. Então, tio Lobo falou 'até logo' ao sobrinho e perguntou:
— Chibinho, como é que se faz mesmo para a figueira voltar a subir?
Chibinho ensinou de novo o tio:
— Tio Lobo, você diga alto "Figueirinha, *subi, subeti!*"
O Lobo gritou para a figueira as palavras mágicas e lá foi ele figueira acima.
E continuou a comer. Comeu, comeu, comeu, parou um pouco, e comeu mais uns figos. Parou, descansou e... comeu mais. Então ficou com muito sono e resolveu descer. Virou-se para a figueira e disse, alto:
— Figueirinha, *sube, subeti!*
E a figueira obedeceu, ou seja, subiu mais. Tio Lobo ficou nervoso, não era o que ele queria. Mas tinha lá, na cabeça dele, a lembrança de que aquelas eram as palavras certas! Voltou a insistir:
— Figueirinha, *sube, subeti!*
A figueira obedeceu, subindo mais. O tio Lobo, olhou para baixo e viu que estava muito alto mesmo. Desesperado, pôs-se gritar:
— Figueirinha, *sube, subeti!*
— Figueirinha, *sube, subeti!*
— Figueirinha, *sube, subeti!*
A figueira subiu, e subiu tanto que, a dada altura chegou ao Céu e o Tio Lobo se viu cara a cara com São Pedro, sentado em seu trono, vigiando a porta do Paraíso.

O tio Lobo se atrapalhou todo:
— Nha mãe, valei-me! Estou no Céu! Estou perdido!
São Pedro deu risada. Lembrou-se de que também ele, São Pedro, era guloso, e resolveu ajudar o tio Lobo.
— Está bem, vou ajudá-lo. Mas tome Juízo e não me apareça aqui de novo tão cedo! Você ainda é muito jovem!
Tio Lobo estava com tanto medo, que nem conseguia pensar em olhar para baixo, que já sentia vertigem. Perguntou a São Pedro como iria chegar de volta...
São Pedro teve pena e disse a ele:
— Olhe, você é de São Nicolau, não? Pois vou baixar você direitinho, para chegar mesmo no Campo da Preguiça. Aliás, preguiça, além de gula, não falta em seu corpo, não é?
Tio Lobo, envergonhado, fez que sim com a cabeça. São Pedro deu-lhe um tambor bem grande e continuou a falar:
— Suba no tambor. Isso. Agora vou amarrar você a ele com essa corda comprida, tecida aqui no céu. Vou baixar você bem devagar. Quando puser os pés no Campo da Preguiça, toque o tambor que eu corto a corda. Atenção, Lobo, não toque antes de estar com seus pés em terra. E veja se faz boas coisas em sua vida. Boa viagem e até um dia!
Tio Lobo agradeceu muito a São Pedro. Agarrou-se bem ao tambor e foi sendo baixado devagar, bem devagar, devagarzinho mesmo.
Lá pelas tantas, viu um corvo, pousado numa nuvem, comendo feliz um pedaço grande de cuscuz. Logo, o tio Lobo pediu ao corvo um pedaço do cuscuz. O corvo disse:
— Ah, este cuscuz foi feito pela minha mulher, e está mesmo uma delícia. Toque para mim nesse seu tambor, que em troca lhe dou um pedaço.

O tio Lobo vacilou:

– Corvo, não posso, não. Venho lá do Céu e São Pedro me disse que só tocasse o tambor quando eu chegasse ao Campo da Preguiça...

O Corvo disse:

– Ah, o que é isso? Toque sim, bem baixinho. São Pedro estará lá ocupado no céu e nem vai escutar você tocando um pouquinho para eu dançar...

Dito e feito. Tio Lobo pegou o pedaço de cuscuz com uma das mãos e com a outra pôs-se a tamborilar com os dedos no tambor celestial.

Lá de cima, São Pedro escutou o som do tambor e pensou que o tio Lobo havia chegado ao Campo da Preguiça. Pegou, então, numa tesoura, e cortou a corda.

O tio Lobo começou sua queda. Viu passar os picos mais altos das montanhas e pôs-se a gritar:

– Chibinho, meu sobrinho, arrume uma cama de palha no Campo da Preguiça, rápido, rápido.

O Chibinho bem que escutou, mas fingiu que não escutou. E foi nesse dia que o tio Lobo se esborrachou, com tambor e tudo, no meio do Campo da Preguiça, na ilha de São Nicolau, Cabo Verde.

A história acabou! Sapatinhar ribeira acima, sapatinhar ribeira abaixo, quem souber mais que conte melhor!

Peixinho

A HISTÓRIA DO PEIXINHO aconteceu na Ilha de Santiago. Eu estava descendo de Mangue para a Fazenda quando encontrei aquela mulher que tinha uma filha e uma afilhada. Toda a gente aqui na ilha sabia: ela tratava bem a filha e mal a afilhada. Tudo para uma, nada para a outra. Para a afilhada, pobrezinha, só trabalho duro e pouca comida.

Todas as manhãs, bem cedo, a madrinha dizia para a afilhada:

– Hora de levantar. Arrume a casa, vá à fonte buscar a água. Depois, vá buscar a lenha e, na volta, trate de por o milho no pilão. Ao meio da manhã quero ver o milho todo pilado, para fazer a *cachupa*.

Cachupa de pobre, comida da maioria em Cabo Verde, o cozido com milho, couve, um bocadinho de peixe e muito tempero... Para a pobre afilhada só os restos que sobravam dos pratos da mãe e da filha.

Todos os dias acontecia a mesma coisa, até que um dia, catando lenha no alto do monte, a moça viu que não tinha forças para levar o feixe de volta para casa, tão fraca estava. Sentou-se numa pedra e disse:

– Não posso mais, eu não vou sobreviver! Não posso nem comigo, se eu levar este feixe de lenha tão pesado, não vou resistir. Mas se não levar lenha, eu apanho da madrinha. O que vai ser de mim?

Chorou, chorou, chorou.

Momentos depois, levantou-se no mar uma onda imensa, bateu nas rochas. A moça recebeu os respingos de água salgada. Olhou e viu, na pedra à sua frente, um peixinho se contorcendo.

Ela olhou para o peixinho e disse:

– Peixinho, com toda esta fome que eu tenho, eu deveria comer você. Mas acho que já nem tenho forças para isso...

O peixe respondeu:

– Não me coma, eu vim para ajudar você... Se você quiser ter uma boa vida, me atire de volta ao mar, que volto com comida para você.

A moça não pensou duas vezes: jogou o peixinho no mar. Os respingos de água salgada e a conversa pareciam ter dado alguma força a ela, afinal. Começou a desfazer o feixe de lenha, pensando em fazer um com peso menor, quando foi interrompida pelo peixinho, que voltava andando e com um balaio pequeno pendurado na guelra.

A moça quase começou a rir, mas o peixinho muito sério disse:

– Aqui tem um balaio com todo o tipo de boas merendas. Coma até se fartar. Eu vou voltar para o mar. Quando quiser me ver, venha até aqui, olhe para o mar e cante assim:

Peixinho, peixinho...
Peixinho, peixinho!
Venha aqui à praia, o mar é tão longe,
Alho, azeite, folha de couve,
Ouça o chamado de Teresa no monte.

A moça jogou o peixinho de volta no mar e sentou-se ao lado do pequeno balaio. Ela começou a remexer nele com dois dedos – que era o que nele cabia de sua mão, tão pequeno era o cesto. Mas de lá retirou muitos bolinhos, doces, pedaços de carne seca. Comeu, comeu, até se sentir satisfeita. Só depois parou para pensar que a canção para chamar o peixinho tinha seu nome nela: Teresa...

Mas não pensou muito, porque estava tarde. Juntou a lenha toda e desceu o morro.

No dia seguinte, bem cedo, a madrinha mandou que ela buscasse água. Nem bem pousou a lata d'água na porta da casa, a madrinha disse:

– Agora suba o morro e vá buscar lenha!

Ela foi, e como tinha fome, olhou para o mar e cantou a cantiga ensinada pelo peixinho:

Peixinho, peixinho...
Peixinho, peixinho!
Venha aqui à praia, o mar é tão longe,
Alho, azeite, folha de couve,
Ouça o chamado de Teresa no monte.

Pouco depois veio a onda enorme e despejou o peixinho, todo bonitinho, de colete e chapeuzinho e já com o balaio da merenda pendurado nele. Teresa vinha cheia de fome. Agradeceu muito e pôs-se logo a remexer no balaio. O peixinho falou, então:

– Teresa, vou dizer uma coisa: você pode mudar de casa e de vida, se quiser. Basta que se case comigo.

Teresa, enfileirando numa pedra uma porção de comidinhas que retirava do cesto, respondeu:

– Está prometido, peixinho, se me ajudar eu me caso com você, sim! Com muito gosto!

Então, o peixinho pôs a mão no bolso do colete, tirou de lá uma semente de abóbora e deu-a para Teresa:

– Teresa, leve esta semente e preste bastante atenção. Quando você chegar em casa, você cava o chão, põe nele a semente, coloca a terra por cima e calca com o pé direito três vezes. Depois regue com uma caneca d'água. É só isso.

Teresa jogou o peixinho, agora seu noivo, de volta na água, voltou para comer a merenda, juntou a lenha e foi embora para casa.

Chegando lá, fez tudo do jeito que o peixinho tinha recomendado e foi para seus trabalhos. Na manhã seguinte, daquela semente tinha nascido uma aboboreira que tinha espalhado seus ramos por todas as casas daquela rua. Toda a vizinhança olhava espantada: de onde aparecera aquela aboboreira? E já uma única abóbora, linda, nascida bem na porta da senhora que vivia com as duas mocinhas: a filha e a afilhada...

A madrinha mandou Teresa ir buscar água e, a seguir, que fosse buscar lenha. Tão logo a moça partiu, a madrinha chamou pela filha:

– Vamos já cozinhar a abóbora. E comê-la toda antes que Teresa volte!

Cozinharam a abóbora, que comeram com gosto e proveito. Proveito até demais, porque dali a uma hora caíram as duas no chão, bem mortinhas.

Enquanto isso, no alto do monte, Teresa falava com o peixinho, que lhe disse:

– Teresa, sua casa está vazia agora. Sua madrinha e a filha dela comeram a abóbora, que as matou. Volte à sua casa, pegue suas coisas todas, ponha numa trouxa e suba o morro de volta. Agora, rápido, me jogue de volta no mar.

Teresa fez isso mesmo. Tinha tão pouca coisa sua, que a trouxa ficou pequena. Subiu o morro com a trouxa equilibrada na cabeça.

Pôs-se em pé na pedra em que costumava ficar e cantou:

Peixinho, peixinho...
Peixinho, peixinho!
Venha aqui à praia, o mar é tão longe,
Alho, azeite, folha de couve,
Ouça o chamado de Teresa no monte.

Desta vez, da grande onda apareceu uma carroça com quatro cavalos, conduzida pelo próprio peixinho.

Teresa subiu na carroça com suas coisas e partiram, mar adentro, para um palácio lindo, onde vivem agora.

Eu já fui lá de visita e eles têm dois bebês lindos. Aqui na rua, a aboboreira continua a dar flores e abóboras enormes, que matam a nossa fome. Ontem mesmo, eu recebi uma carta do fundo do mar, me convidando para ser madrinha do terceiro filho de Teresa e do peixinho. Quando eu for, trago de volta um pratinho de doces para vocês, está bem?

Guiné-Bissau

O tambor africano

Um dia, na mata, um bando de macaquinhos brancos começou a macaquear e inventar brincadeiras.
Um deles teve uma ideia:
– E se fôssemos até a Lua?
Alguns logo se animaram:
– Vamos sim – disse um – podemos brincar lá em cima!
Um outro, no entanto, não concordou:
– Ah, não vamos não, a Lua é bonita, mas lá em cima deve ser muito gelado.
Um terceiro, então, teve a ideia:
– Vamos até lá e trazemos a Lua para morar aqui embaixo conosco.
Pronto, aí todos se puseram de acordo. Mas como chegar à Lua? Subiram numa árvore: não, estava muito longe da Lua. Foram até a montanha mais alta das redondezas e subiram nela: não, a Lua ainda estava muito longe.
Um deles, então, teve a grande ideia:
– Vamos subir uns nas costas dos outros, até que um de nós alcance a Lua!
A ideia parecia muito boa e lá foram eles colocá-la em prática. O maior macaco do bando ficou na base e nele subiu o segundo maior macaco do bando. Assim, de macaco em macaco, a coluna foi subindo, subindo, subindo, até que o menor macaquinho de todo o bando conseguiu tocar a Lua.

Mas não achava modo de entrar nela. Os outros foram ficando cansados do esforço, até que por fim, a perna de um deles fraquejou e começaram todos a cair.

Somente aquele macaquinho, o menorzinho de todos, não caiu, permanecendo agarrado na borda da Lua, que, ao perceber o pequeno visitante preso ali, segurou-o pela mão e o ajudou a subir nela. Tão bonitinho o achou, que resolveu dar a ele um presente, algo nunca antes visto por ninguém na Terra: um tambor.

O macaquinho ficou por ali e foi aprendendo a tocar seu pequeno tambor.

Até que se passaram muitos dias e ele sentiu-se só e com saudades de casa. Pediu, então, à Lua, que o deixasse partir.

A Lua que tinha se acostumado à presença do macaquinho e já gostava de ouvir sua música, não compreendia que ele desejasse voltar para a Terra. Ele então explicou:

– Gosto muito daqui, mas tenho saudades da minha terra, de suas palmeiras, das mangueiras, das acácias, dos coqueiros, das bananeiras...

Contou para a Lua sobre todas essas árvores e sobre seu bando, e ainda sobre os animais todos que viviam na mata com eles.

A Lua finalmente entendeu:

– Está bem, compreendo seus motivos. Tome assento sobre seu tamborzinho e segure-se bem. Amarro você ao tambor com esta corda e vou baixando bem devagar. Mas preste atenção: não toque o tambor até chegar à Terra. Quando você estiver com os pés bem plantados lá, então sim, toque o tambor bem forte, para eu ouvir e cortar a corda.

O macaco concordou e a Lua foi soltando a corda devagarinho, devagarinho.

Mas, chegado ao meio do caminho, ele teve vontade de tocar seu tamborzinho, tão alegre estava por voltar para casa. Tocou muito de leve, para que a Lua não ouvisse. Mas acontece que o vento soprava para cima e levou o som do tambor à Lua.

Lá no alto, a Lua pensou:

– Ah, o macaquinho já chegou à Terra!

E cortou a corda.

O macaquinho começou a cair, cair, sempre amarrado ao seu tambor. Por sorte era muito pequeno e caiu justo nos braços de uma moça que cantava e dançava, feliz da vida, junto à fogueira, ao final de um dia de trabalho.

O macaquinho nem podia acreditar em tanta sorte. Contou à moça que aquela beleza que tinha amarrada a si era um tambor e que com ele sabia fazer música da melhor.

Assim foi como os homens conheceram o tambor e logo, na terra africana, ouviu-se o primeiro batuque de todos os tempos.

Depois, os homens aprenderam a construir tambores também e não houve mais lugar na África onde os batuques não fossem ouvidos. Como acontece até hoje!

O macaquinho, aquele, custou um pouco a encontrar o caminho de casa, mas terminou achando, e claro, levou com ele o tambor que tinha sido presente da Lua.

Um julgamento

Um dia o crocodilo afastou-se da margem do rio onde morava e foi dar um passeio pela mata. Dali a pouco estava perdido e, quanto mais tentava achar seu caminho de volta ao rio, mais se embrenhava mata adentro.

Algumas horas depois, encontrou uma garotinha e perguntou a ela o caminho para o rio.

Assustada, a menina subiu rápido numa árvore e lá ficou, tremendo de medo.

O crocodilo postou-se debaixo da árvore e insistiu:

– Menina, por favor, ensine-me o caminho de volta para minha casa! Preciso voltar para o rio.

A pequena, muito amedrontada, disse:

– Não, não posso. Você vai me comer...

O crocodilo fez uma voz muito meiga e disse:

– Não vou comê-la, palavra de honra de crocodilo. Mas, se não acredita em mim, é simples: vou deitar e você amarra meus pés e minhas mãos. Você me leva ao rio e me desamarra, pronto!

O crocodilo deitou-se com a barriga para cima. A menina desceu da árvore, amarrou os pés e as mãos do crocodilo com uma corda bem forte, pôs o bicho amarrado sobre a cabeça e lá se foi a caminho do rio.

Chegando lá, a menina desamarrou as patas do crocodilo, disse até logo e já ia começando o caminho de volta, quando o crocodilo pulou em cima dela.

Um julgamento

— O que você quer agora?, perguntou a garotinha.
O crocodilo mostrou todos os dentes num sorriso macabro:
— Agora eu quero jantar...você!
A menina disse:
— Que horror! Espere um pouco! Deixe-me ir chamar o coelho para que ele seja testemunha da sua ingratidão!
O crocodilo concordou. Assim que o coelho ouviu a história contada pela garotinha e confirmada pelo crocodilo, mostrou-se muito admirado:
— Ah, não! É mentira... Não é possível!
O crocodilo logo ficou bravo:
— Como assim, é mentira? Foi assim mesmo.
O coelho continuou dizendo não acreditar:
— Ah, crocodilo, me desculpe. Não vejo corda nenhuma por aqui e mesmo que eu visse, esta menina não saberia amarrar suas patas.
A menina apontou para junto da árvore:
— Olhe ali, senhor coelho, a corda está ali.
O coelho disse:
— Mas isto não prova nada. Querida, desculpe, mas você é muito pequena, não saberia amarrar as patas do crocodilo. E ainda que eu acreditasse nisso, como depois você o trouxe até aqui?
O crocodilo resolveu se meter na conversa:
— Coelho, ela é criança, mas eu não sou! Assim você me ofende. Está me chamando de mentiroso? Foi mesmo desse jeito que aconteceu...
O coelho então disse:
— Está bem, não quero briga com você crocodilo. Mas

me parece impossível, só acredito vendo. Menina, mostre-me como foi.

A menina pegou a corda e prendeu novamente o crocodilo.

O coelho fez cara de muito admirado:

– E não é que você conseguiu mesmo? Mas, e depois? Como foi que você o trouxe até aqui?

A menina colocou o crocodilo amarrado sobre a cabeça:

– Foi assim, senhor coelho.

O coelho então disse a ela:

– Ah, menina, já que está tão no jeito, leve o crocodilo para sua casa e peça à sua mãe para fazer dele um bom jantar para a família. Porque isto é o que merece quem não sabe ser agradecido!

E foi assim que a garotinha cruzou novamente a mata, voltou para sua casa e a família toda teve carne de crocodilo no jantar.

As três verdades

ERA UMA VEZ um lobo que encontrou uma cabra em seu caminho e a comeu. Nem bem recomeçou a perambular pela mata e viu, bem próxima, outra cabra. Emboscou a cabra num instante. A cabra tremia, de olhos fechados, esperando pela morte, quando o lobo disse:

— Sabe, estou pensando aqui que posso ser misericordioso hoje. Posso poupar você.

A cabra entreabriu os olhos, incrédula. O lobo prosseguiu em seu discurso:

— Eu a desafio: se você me disser três verdades evidentes, claras como água, eu deixo que você parta em paz.

A cabra ficou bem assustada, mas, vendo que o lobo falava sério, pôs-se a pensar. Dali a pouco disse ao lobo:

— Lobo, se um lobo que encontra uma cabra, não a mata logo e fica propondo que ela lhe diga verdades evidentes, claras como a água, é porque esse lobo está bem alimentado. Esta é uma verdade evidente, não?

O lobo se surpreendeu com a esperteza da cabra, mas, com toda a certeza, aquela era uma verdade evidente, clara como a água. Então, ele disse à cabra:

— Está correto: é uma verdade evidente. E você tem, por acaso outra verdade a me dizer?

A cabra pensou mais um pouco e disse:

— Lobo, se eu volto para junto de minhas companheiras

cabras, posso contar mil e uma vezes que encontrei um lobo e ele não me comeu, preferindo ouvir verdades para, a seguir, me libertar, que passarei sempre por mentirosa, porque parece impossível de acreditar. Esta é uma verdade clara como a água, não?

O lobo concordou novamente:

– Muito bem, temos mais uma verdade evidente. Mas, você tem uma terceira verdade clara como a água?

– Bom, lobo, e se você contar para os seus companheiros lobos que emboscou uma cabra gorda e apetitosa como eu e escolheu não comê-la; e isso porque desejou ouvir dela três verdades evidentes, claras como a água; e depois de ouvir as verdades libertou a cabra, eles acharão que você perdeu o juízo, não?

O lobo disse:

– Sim, com toda a certeza, sim.

– Então – disse a cabra, com esta são três verdades evidentes e claras como a água, não? Posso já partir?

O lobo disse, então:

– Você conseguiu algo muito difícil, cabrinha, dizer três verdades evidentes e claras como a água. Eu vou cumprir o prometido. Parta logo, antes que eu fique com fome novamente. Mas antes eu vou dizer a você uma verdade evidente e clara como a água: muitas vezes os belos gestos nascem da ausência de reais necessidades...

Moçambique

O princípio do mundo

No TEMPO SEM tempo do início dos tempos, Céu e Terra estavam juntos. Não havia nem noite, nem dia. Não havia nuvens, trovoada ou chuva. Só Céu e Terra juntos e a profundeza das águas.

Nas águas profundas reinava a Cobra Grande e todos os bichos tinham muito medo dela.

Pairando sobre tudo, entre Céu e Terra, ficavam juntos Sol e Lua: marido e mulher, que se amavam muito. Viviam Sol e Lua abraçados e os seus brilhos afastavam até mesmo a ideia de qualquer escuridão.

Um dia, a Lua pediu ao Sol para ter um filho. O Sol, temendo perder a atenção de sua amada Lua, disse-lhe que não. A Lua tentou convencê-lo: via os animais, tão belos, com seus filhotes e também ela desejava ser mãe!

O Sol, porém, não se deixou convencer: a resposta era e sempre seria 'não'. A Lua ficou muito triste e começou a chorar e chorar. A tristeza e a amargura foram deixando a bela Lua pálida e fria.

Todos ficaram sabendo do problema do casal e a Cobra Grande aproximou-se da triste Lua para consolá-la.

Enfim, tantas vezes foi a Cobra Grande consolar a Lua que terminou se apaixonando por ela. Brincaram juntas, muitas vezes, às escondidas do Sol e de todos. A Lua, então, apareceu grávida e o Sol, quando descobriu, ficou simplesmente furioso.

A Lua fugiu e pediu proteção à Cobra Grande, até que lhe nascesse o filho. Cobra Grande escondeu a Lua nas profundezas das águas e ela, um dia, deu à luz dois seres muito estranhos.

Não eram parecidos com nenhum outro ser conhecido até então: eram eles o Homem e a Mulher. A Lua deixou os filhos com a Cobra Grande e voltou para junto do Sol, que a recebeu de volta. No entanto, no reino da Cobra Grande, nas profundezas das águas, o Homem e a Mulher comportaram-se muito mal: matavam e maltratavam os animais, alguns para comer, outros sem motivo nenhum!

Os animais, então, se reuniram e foram falar com a Cobra Grande, exigindo a expulsão do Homem e da Mulher das águas profundas. Cobra Grande não teve outra saída e foi assim que o Homem e a Mulher foram expulsos das águas de onde vieram e onde nasceram. Chegados ao outro reino, em que estavam unidos Céu e Terra, eles sentiram fome e nada havia para comer. A mulher encontrou alguns grãos, que levou a um pilão. Começou a pilar, pilar. A cada vez que levantava a mão para pilar, o cabo do pilão cutucava a cara do Céu. O Céu, dolorido, foi se afastando, se afastando, até que ficou bem longe da Terra. Com ele foram-se embora para o alto a Lua e o Sol.

A Lua, então, viu seus filhos, agora de longe, e sentiu amor e teve saudades deles. Chorou, chorou. O Sol, ciumento, brigou com ela, partiu os pratos todos da casa. E assim foi como nasceram a chuva e a trovoada.

A presença do Homem e da Mulher bem debaixo de seus olhos, deixava o Sol perturbado e furioso. Lembrava-se da traição da Lua e desejava vingança. Pensou, pensou e, tomando de uma manta velha e esburacada, cobriu a Lua com ela, deixando-a no escuro. Pelos buracos, a luz passava como que coada, e assim, lá

O princípio do mundo

da Terra, o Homem e a Mulher descobriram as estrelas. Depois disso, o amor entre Sol e Lua ficou mesmo impossível e eles se afastaram um do outro de uma vez para sempre. Desde então, onde está um, não está o outro, e surgiram, para o Homem e a Mulher, o dia e a noite. O Sol ficou bravo ainda por muito tempo e o Homem e a Mulher aprenderam a dormir somente à noite, quando são protegidos pela Lua, sua mãe. Assim surgiram o Homem, a Mulher e o Mundo como o conhecemos.

Ano de Sol

Esta história aconteceu numa época de seca. Não chovia há muito tempo e tudo foi secando na mata. Os animais sofriam e estavam ameaçados de morrer de sede. Resolveram, então, reunir-se todos para buscarem, juntos, uma solução. Chegaram à conclusão de que teriam de conseguir água de qualquer maneira. Logo de início, o coelho recusou-se a participar de qualquer atividade. Disse ele:

– Eu não preciso procurar água. Sou tão pequeno e leve, que basta para mim o orvalho que cai pela manhã.

Os outros animais não gostaram muito, mas se puseram a trabalhar. Primeiro cavaram em lugares diferentes, mas não encontraram nenhum vestígio de água. A seguir, resolveram buscar água no tronco das árvores. De todos os animais, foi a tartaruga a descobrir que, no interior do baobá, também chamado de *embondeiro*, havia água:

– Venham, meus amigos, venham, encontrei aqui este velho *embondeiro* e parece haver água em seu interior. Andem, ajudem-me a cortar o tronco!

Correram todos para ajudar. Todos, não, porque o coelho ficou bem deitadinho onde estava.

Cortaram o tronco do velho *embondeiro* e, da água que saiu dele, formou-se uma linda lagoa. Os animais fizeram grande festa. Os batuques, as danças, e a festa duraram semanas. Não havia mais sede: todos podiam beber e refrescar-se à vontade.

O leão, que era o Rei, disse, então:
– Animais! Nós todos trabalhamos muito e merecemos estar aqui. Mas o coelho fugiu do trabalho desde o primeiro momento. Não vamos deixar que ele use a nossa água.
Todos concordaram: estava certo, seria mesmo um desaforo o coelho aproveitar-se do trabalho e do esforço de todos os demais.
Resolveram, então, que iriam montar guarda, em turnos, para proteger a lagoa das investidas do coelho.
O primeiro animal escolhido pelo leão para a tarefa de vigilância foi a gazela:
– Gazela, você é ágil e bem maior que o coelho. Amanhã cedo, nós vamos todos à caça. Você toma conta da lagoa. Se o coelho aparecer, você o prende e, na volta, nós o julgaremos.
(Mas o coelho, que estava perto e bem escondido, ouviu tudo...)
Assim foi feito. Na manhã seguinte, saíram para a mata todos os animais, em busca de alimentos, menos a gazela, que ficou montando guarda à beira da lagoa.
Ao meio do dia, o coelho andava com sede: o orvalho da manhã não era mesmo suficiente para ele, ainda que ele fosse um bicho pequeno. Além disso estava já bem sujo e desejando um banho na lagoa. Pensou, pensou... Foi até uma colmeia, colheu um pouco de mel, que pôs numa cabaça. Chegou perto da lagoa segurando a cabaça e quando avistou a gazela gritou de longe:
– Companheira! Companheira gazela! Está aí?
A gazela, ainda sem ver o coelho respondeu:
– Quem é?
O coelho respondeu:
– Sou eu, Companheira gazela, o coelho...

A gazela logo reagiu:

– O que você quer? Não se aproxime, coelho, a lagoa foi feita por nós sem a sua ajuda, agora vá se embora, ou serei obrigada a capturar você!

O coelho disse:

– Está bem, eu vou, mas é pena ir assim, sem dar para minha amiga gazela o presente que eu trazia...

– Presente, que presente? – perguntou a gazela, cheia de curiosidade.

O coelho, então disse:

– Ah, uma coisa à toa, embora deliciosa: mel.

A gazela, que não conhecia mel, perguntou logo o que era aquilo. E o coelho respondeu logo:

– O mel é doce, especial, uma verdadeira iguaria! Prove minha amiga um bocadinho – e, virando a cabaça, deixou cair um pouco de mel numa pedra.

A gazela foi até a pedra e provou do mel.

– Coelho, que delícia! Quero mais mel. Você tem mais aí?

O coelho, então, disse:

– Ah, você gostou, companheira gazela? Mas se ainda nem sentiu ainda todo o sabor do mel! Para saborear mesmo o mel em toda sua plenitude, só quando se está atado a uma árvore. Aí sim, é uma delícia celestial!

A gazela, bem interessada em sentir um sabor ainda melhor, pediu ao coelho que a atasse a uma das árvores ali de perto. O coelho não esperou mais: atou a gazela bem atada e, sem lhe dar mais nenhuma palavra (e muito menos alguma gota de mel), atirou-se logo na lagoa. Banhou-se, brincou, bebeu água e depois foi-se embora.

Quando chegou o final do dia, os bichos voltaram para

junto da lagoa e encontraram a gazela amarrada, cansada e faminta. Envergonhada, a gazela só disse que o coelho a havia enganado. Ao ouvirem isso, os bichos ficaram indignados:
— Mas como é isto, amiga gazela, que vergonha! Deixar-se enganar por bicho tão pequeno! — disse o macaco.
— Então, comadre gazela, justo a senhora, tão ágil, deixar-se amarrar assim! — falou o rinoceronte.
O leão pôs fim às discussões e determinou que, no dia seguinte, ficasse o macaco de guarda:
— Compadre macaco, amanhã fica você. Esperto como é, quero ver o coelho vir com suas conversas! Já sabe, se o coelho aparecer, apanhe-o que, na volta da mata, nós o julgaremos.
Assim foi feito. De manhã, saíram todos para a mata e o macaco ficou de guarda.
Dali a pouco o coelho chamou:
— Companheiro! Companheiro macaco! Está aí?
O macaco respondeu logo:
— Vá-se embora coelho. Não quero conversa. Chegue aqui perto e eu vou prendê-lo. Nem venha com seus truques, que comigo não funcionam...
— Ah, que pena, companheiro macaco. Um bicho tão esperto está com medo de um bicho frágil e pequeno como eu?
O macaco se irritou:
— Que medo, que nada! Não quero saber é de conversa.
O coelho respondeu:
— Está bem, vou. Fazer o que, não é? Trazia aqui uma coisa bem gostosa para dar ao macaco, mas bem, se ele não quer, não quer. Eu levo de volta. Isso é que dá a gente ser bom e generoso nesta vida...
E foi resmungando assim, fingindo que ia embora. O macaco, tomado de curiosidade, disse:

— Espera aí, coelho. Conte-me o que é que trazia para mim?

O coelho fez-se de muito ofendido:

— Não conto, não conto! Você desdenhou do meu presente. Aliás, que mal educado você, não? Eu aqui, todo preocupado em agradar e você me tratando assim mal... Com licença que eu vou-me embora.

— Ah, não vá não, coelho, deixe-me ver o que é que trazia para mim.

O coelho fingiu pensar e disse:

— Olhe, está bem. Mas não vou mostrar, você vai é provar! Feche os olhos um bocadinho.

O Macaco obedeceu e o coelho, pegando um pouco do mel da cabaça, untou com ele os lábios do macaco.

— Pronto, macaco, pode provar.

O macaco adorou o sabor do mel e logo pediu mais.

— Dar eu daria até toda esta cabaça que tenho aqui. Mas, por segurança, não posso...Bom, já vou!

O macaco pulou logo na frente do coelho e o impediu de partir:

— Alto lá, senhor coelho, fique bem aí onde está. Por que é que não pode me dar a cabaça desta delícia? Que caso de segurança é esse?

O coelho, fazendo uma vozinha muito doce, disse:

— Ah, então, eu descobri como fazer aqui esta iguaria e temo que o macaco me siga para ver como é que eu a fabrico.

O macaco prometeu que não seguiria o coelho, mas ele fingia que não se convencia mesmo...

— Ah, coelho, como posso provar que não vou seguir você?

O coelho, então disse:

— Hum, parece que preciso de uma prova da sua lealdade...

– Que prova?, perguntou o macaco.

– Não sei ainda – respondeu o coelho, mas deixe-me pensar um pouco. Enquanto isso, vou lhe dar mais um bocadinho do meu presente. E, dizendo isso, colocou um pouco de mel sobre uma pedra próxima. O macaco correu para lá e se deliciou com mais aquele bocado de mel.

Logo que terminou de lamber a pedra, o macaco disse ao coelho:

– Coelho, eu quero mais. Eu não vou seguir você: eu juro!

O coelho respondeu:

– Palavras, palavras, não adianta jurar. Mas, sabe o quê?

– Não, o quê?, perguntou o macaco.

O coelho, então, disse:

– Entre aqui nesta rede e me deixe pendurar você naquele tronco ali. Deixo você com a cabaça e mais tarde venho buscá-la e o tiro dali. O que acha?

O macaco achou ótimo. Entrou na rede, deixou-se pendurar e depois o coelho fez o que queria: tomou água, banhou-se à vontade e partiu para a floresta, com sua cabaça de mel ainda pela metade.

À noite, os animais voltaram todos da mata e encontraram o pobre macaco, envergonhado, preso na rede e pendurado no tronco da árvore. O leão ficou furioso. Os outros animais cansaram-se de zombar do pobre macaco, que tinha sido o primeiro a recriminar a gazela no dia anterior. Enfim, foram todos dormir.

No dia seguinte ficou de guarda o búfalo... e caiu na conversa do coelho.

Depois foi a vez do elefante... que também foi na conversa do coelho.

Depois ainda, foi o hipopótamo...e deu-se a mesma coisa.

Muitos dias depois, o leão estava de juba descabelada de tanta raiva e urrava:
– Olhe que terei de montar guarda eu mesmo! Como é possível que todos se deixem enganar por um bicho tão insignificante como é o coelho?

Foi então que a tartaruga se pronunciou:
– Senhor Rei, meus companheiros: eu gostaria de ficar de guarda amanhã, se não se importarem.

Foi uma gargalhada geral. Como assim? Todos achavam que tartaruga, lenta como é não poderia nunca montar guarda. Mas o leão resolveu dar uma chance à tartaruga. Afinal, depois de tantos dias de tentativas, o que custava mais uma? Ademais, a tartaruga mostrara-se sábia no passado, não tinha sido ela a resolver o caso da sede de todos os bichos?

No dia seguinte foram todos para a mata menos a tartaruga. Mas, ao contrário dos outros, ela não ficou na beira da lagoa à espera do coelho: ela arranjou uma boia bonita, colorida e oca. Jogou-a n'água. A seguir mergulhou e se escondeu dentro dela, ficando bem quietinha.

O coelho chegou, não viu ninguém de guarda e começou a chamar:
– Companheiro, companheiro? Ou será uma companheira? Quem está aqui hoje ao lado da lagoa? Olá! Olá!!!

E nada de resposta.

Voltou o coelho a chamar, e nada.

– A-há! Já sei, reconheceram a minha superioridade e desistiram. Que bom!, disse o coelho, que deixou a cabaça na beira da lagoa e se lançou nela.

Nadou, nadou, bebeu água até se fartar. Dali a pouco reparou na linda boia colorida que estava bem no meio do lago.

Aproximou-se e esticou uma pata para puxar a boia. Mas qual não foi sua surpresa quando a boia lhe puxou a pata! E não a largou mais!

O coelho começou a dizer assim:
– Coisinha linda, larga a minha pata! Coisinha linda, larga a minha pata!

E nada da 'coisinha linda' largar a pata do coelho.

No final da tarde os animais todos voltaram e ainda encontraram o coelho preso no meio da lagoa, argumentando com a 'coisinha linda' que prendia sua pata.

Assim o coelho foi preso, mas logo, logo se soltou e fugiu para a mata, todos os outros animais estão à sua procura para o julgamento e é por esse motivo que, ainda hoje, o vemos quase sempre sozinho, saltando de um lado para outro.

A filha do Rei

Há muito, muito tempo atrás houve numa aldeia um Rei com uma jovem e bela filha. Muitos rapazes apresentavam-se ao Rei querendo casar-se com a moça, mas nenhum deles conseguia levar o intento adiante, porque o Rei – seguindo a tradição – pedia a cada um deles um dote, o *lobolo*. Como a moça era muito bela e filha de Rei, a lista de presentes para o *lobolo* era também grande e bem cara, o que afastava os pretendentes.

Certo dia apareceu um jovem e rico rapaz que se candidatou a marido da moça. O Rei foi apresentando as suas grandes exigências para o *lobolo* e o pretendente as foi aceitando, uma a uma. O Rei, então, quando viu que sua lista chegava ao final e que, desta vez, teria mesmo que casar a filha, inventou um último requisito:

– Pois bem, meu rapaz, vejo que tem posses, que reconhece o valor que tem minha filha e a falta que vai me fazer não tê-la por perto. Resta somente mais uma coisa para o *lobolo* ficar completo. Venha aqui até a janela comigo, por favor, venha ver a minha plantação.

O jovem pretendente levantou-se e seguiu o Rei até a janela da casa. O Rei, então, apontou numa direção, indicando seu terreno de plantio, a *machamba*:

– O último requisito para dar-lhe minha filha em casamento é o seguinte: lá está minha *machamba*. O vento tem soprado de maneira desmedida nestas últimas semanas, derrubando os meus pés de milho. Eu tinha 200 pés e agora restam-me apenas 180. Vá até lá e proteja a *machamba* do vento. Volte daqui a uma semana: se nenhum pé mais tiver caído com o vento, eu lhe darei a minha filha em casamento.

O pretendente saiu desapontado. Foi até a *machamba* e ficou olhando, olhando. Concluiu que a tarefa era impossível e desistiu no mesmo dia!

Era isso mesmo o que o Rei queria: apegado à filha, não queria que ela se casasse e decidiu que, dali em diante, exigiria de cada um dos pretendentes aquela mesma tarefa impossível.

No dia seguinte, surgiu outro pretendente. Um pobre rapaz da aldeia, e que estava apaixonado realmente pela moça. O Rei conversou com ele, levou-o à janela, mostrou a *machamba*, falou nos ventos arrevesados e mandou-o proteger os pés de milho.

O pobre rapaz seguiu para a *machamba*, olhou para os pés de milho, sentiu soprar o vento e concluiu logo que a tarefa era impossível.

Mas não iria desistir. Preparou uma armadilha de caça e logo naquela noite apanhou uma gazela. No dia seguinte, levou a caça para a casa dos pais da moça. Pediu para falar com o Rei e disse:

– Senhor meu Rei, como vai? Trouxe aqui esta gazela como prova da minha amizade...

O Rei, que devia hospitalidade ao pretendente, logo o convidou a comer com sua família a gazela trazida. O rapaz então disse:

– Ah, com muito prazer, mas peço que a comida seja feita logo, porque preciso voltar para a *machamba* para continuar meu trabalho de protegê-la do vento...

O rei ficou bem admirado:

– Então, como vai o trabalho?

E o rapaz respondeu:

— Vai bem, meu Rei, obrigado! Posso pedir-lhe para preparar a gazela com molho?

O Rei respondeu logo:

— Claro, meu rapaz, com toda a certeza. Será preparada gazela ao molho!

O Rei ficou ali conversando com o rapaz enquanto se preparava a comida. Depois todos se sentaram, a comida veio da cozinha e o jovem disse:

— Senhor Rei, eu gostaria que o meu molho fosse servido espetado, pode ser?

O Rei já ia respondendo que sim, claro, quando reparou no pedido. Perguntou, então, muito bravo:

— Mas como é possível espetar o molho da gazela?

E o rapaz respondeu:

— E como seria possível defender a *machamba* do vento?

Ficaram todos de boca aberta. O Rei então disse:

— Você demonstrou ser muito inteligente, meu genro. Concedo a você minha filha em casamento.

E assim foi feito o casamento da bela filha do Rei com o rapaz inteligente. Eles se gostaram muito e foram bem felizes!

São Tomé e Príncipe

A história do cãozinho fiel e de seu dono

HÁ MUITOS E MUITOS anos, havia um casal de jovens que vivia num povoado distante, em meio à floresta. Um dia, o marido saiu para caçar, levando com ele seu fiel cãozinho. Embrenharam-se na mata e a caça foi boa: ao final da jornada, o rapaz tinha abatido três macacos e dois porcos selvagens. O difícil seria carregar a caça de volta para casa. E foi mesmo, pois a cada pequeno trecho o rapaz precisava parar para descansar. Num dado momento ele disse para seu fiel companheiro:

– Ah, meu cãozinho, estou mesmo cansado. Ainda bem que teremos carne por um bom tempo lá em casa. Queria que você pudesse me ajudar a carregar este peso todo, amigo.

Para sua surpresa, o cãozinho respondeu, com grande naturalidade:

– Pois não, meu amo. Vamos dividir o peso, eu o ajudo... mas com uma condição!

O rapaz balbuciou, ainda espantado:

– Mas você fala, meu amigo! Que maravilha! E qual a condição?

O cãozinho respondeu:

– Que você não revele a ninguém, nem mesmo à sua esposa que eu sei falar e que posso ajudá-lo com a carga...

O rapaz prometeu. Dividiu a carga em metades iguais, atou parte dela ao lombo do cãozinho e seguiram para o povoado de volta. Quando estavam quase chegando, o rapaz retomou a carga toda e agradeceu ao seu companheiro:

— Amigo, muito obrigado por sua ajuda! Chegamos rápido e nem estou tão cansado.

O cãozinho respondeu:

— Estou sempre aqui, meu amo. Agora voltemos à casa e lembre-se de guardar nosso segredo...

Porém, a esposa, vendo a quantidade de caça trazida pelo marido, desconfiou que ele havia tido ajuda. Perguntou logo ao marido:

— Quanta caça, meu marido. E está pesada. Como trouxe tudo isso sozinho e voltou tão depressa?

O marido, a princípio, manteve-se calado, mas por fim contou a história toda à mulher, revelando que o cãozinho da família falava e, assim, oferecera ajuda.

No quintal, o cãozinho descansava ao lado de uma árvore quando viu marido e mulher se aproximarem dele. A mulher insistiu com o cão para que ele falasse, insistiu uma e outra vez. Sabendo-se traído, aquele cão gemeu muitas vezes e, a seguir, latiu sentidamente. Desde aquela noite nunca mais nenhum cão voltou a falar com um ser humano.

O Rei e a tartaruga

A TARTARUGA ANDAVA sempre no palácio real, conversando aqui e ali, e era conhecida por todos. Numa ocasião, em falas ali com o pessoal do palácio, ela afirmou que era capaz de adivinhar qualquer sonho do Rei, especialmente se sonhado na noite anterior.

Naquele dia a conversa foi andando de boca a orelha até que, já à noitinha, chegou até o Rei, que ficou muito intrigado e mandou que, na manhã seguinte, a tartaruga fosse chamada à sua presença. Assim foi feito.

Quando a tartaruga chegou diante do Rei, ele disse:
– Bom dia, tartaruga! Soube que você andou dizendo que é capaz de adivinhar os sonhos que me visitam à noite. Você é mesmo capaz de fazer isso? Vamos lá: diga-me, o que foi que eu sonhei nesta noite?

A tartaruga fez cara de quem estava pensando. E disse:
– Senhor Rei, é mesmo verdade. Sou capaz de adivinhar o seu sonho desta noite. Mas para isso preciso ir até minha casa, para me concentrar. Voltarei depois com a resposta. O senhor me permite ir para casa?

O Rei disse que sim, claro, que ela fosse para casa. E voltasse o quanto antes, com a resposta.

A tartaruga foi naquela mesma hora... mas não voltou. Passou-se um dia, passaram-se dois dias, passaram-se três dias, passaram-se muitos dias, e nada da tartaruga aparecer no palácio.

O Rei, um dia, disse:

— Mas onde se meteu a tartaruga? Está há quase uma semana pensando no que eu sonhei aquela noite, mas será possível?

Enquanto isso, a tartaruga entrou na mata e recolheu penas de muitos pássaros diferentes. Havia penas de todas as cores e tamanhos e com elas a tartaruga se enfeitou e se disfarçou até que ficou parecendo um outro bicho: um pássaro multicolorido. Voltou assim para o palácio, foi até a sala principal e começou a dançar e a se sacudir.

A rainha viu aquele pássaro estranho, silencioso, mas que dançava e se balançava todo e o achou muito diferente.

— Que pássaro encantador! Olhe, meu marido, como dança e se sacode! Que pássaro será esse?

O Rei parou o que estava fazendo e pôs-se a olhar também. Disse, então, para a Rainha:

— Não sei, mas que é estranho, lá isso é. Não me parece ter visto nunca pássaro deste tipo aqui em São Tomé...

A Rainha cogitou que o pássaro poderia ter vindo de Príncipe:

— Bem pode ser este pássaro tenha vindo voando desde Príncipe, meu rei. Ah, se tivéssemos aqui a tartaruga, ela era capaz de adivinhar que pássaro é esse!

O Rei ficou furioso com a menção à tartaruga:

— Nem me fale nessa tartaruga, minha rainha, nem me fale! Uma tratante, isso sim! Está há quase uma semana sumida para 'adivinhar' o que eu sonhei naquela noite. E sonhei coisa tão simples: que eu era um fruto da árvore Izaquente. Imagine você, se ela soubesse mesmo adivinhar já teria voltado aqui e nos dito isso. E há noites em que sonho coisas tão complicadas, como nesta aqui em que sonhei que ia de barco para Príncipe, mas que uma tempestade fazia o barco voltar a São Tomé e eu tentava, tentava, sem sucesso, navegar, até que desistia e voltava ao palácio para esperar pelo bom tempo... Já pensou, minha Rainha? Se fosse para adivinhar esse sonho difícil, a tartaruga iria pedir para pensar por um ano inteiro!

E todos riram bastante, tanto que nem repararam que o pássaro deixava o salão, dançando e se sacudindo em direção ao pátio externo do palácio.

Dali a umas horas, a tartaruga bateu no palácio e vinha com uma sacola junto do corpo.

– Salve, tartaruga! – disse o Rei – Há quanto tempo que não a vejo!

A tartaruga respondeu:
– Boa tarde, Majestade! Como vai?
O Rei disse:
– Tartaruga, você tardou muito a voltar aqui, não? Você ficou de adivinhar o meu sonho de muitos dias atrás. E então?

A tartaruga respondeu:
– Ah, Majestade, adivinhar eu adivinhei logo. Tardei foi para trazer este presente...

Todos ficaram intrigados, especialmente o Rei, que disse:
– Qual o sonho, então, e que presente você traz?

A tartaruga tirou da sacola um fruto e o ofereceu ao Rei:
– Eis aqui o fruto da árvore Izaquente. Naquela noite, o Rei sonhou que era o fruto da árvore Izaquente. Eu logo adivinhei, mas fiquei procurando o fruto para trazer como presente... e estava difícil achar Izaquente com frutos nesta época do ano!

As pessoas ficaram boquiabertas. Mas o Rei decidiu ainda testar a tartaruga e perguntou:

– Tartaruga, e na noite passada? O que eu sonhei? Atenção: eu dispenso qualquer presente, basta me dizer o que sonhei.

A tartaruga disse que iria se concentrar por alguns minutos e se escondeu dentro de seu casco. No salão do palácio do Rei fez-se um silêncio profundo.

Dali a pouco, a tartaruga colocou as patas e a cabeça para fora e disse, muito séria:

– Na noite passada, o Rei sonhou que embarcava para ir de São Tomé a Príncipe, mas a viagem foi impedida pelo mau tempo. Uma tempestade fez o barco em que estava o Rei voltar a São Tomé e o soberano precisou desembarcar e voltar aqui para seu palácio.

O Rei ficou muito impressionado e contou a todos os que ali estavam que a tartaruga havia realmente adivinhado.

A tartaruga foi recompensada com bons presentes e, naquela noite, voltou para sua casa com a fama de ser a maior adivinha de todos os tempos.

A comadre tartaruga e o seu compadre Gigante

A TARTARUGA E O Gigante eram compadres. Mas o Gigante tinha um temperamento muito difícil, com sua mania de comer o que aparecesse pela frente: inclusive alguns de seus compadres animais... Por isso, na ilha, todos os animais tomavam muito cuidado com o Gigante, sobretudo a tartaruga, porque era sua vizinha. A tartaruga gostava de pescar carapaus num recanto da praia, cercado por pedras, onde os peixes preferiam ficar. Mas acontece que, para chegar à praia, a tartaruga só tinha um caminho, e o caminho passava na frente da casa do Gigante. Num dia em que estava com muita vontade de ir à pesca de carapaus, a tartaruga passou logo cedo pela propriedade do vizinho, com um caixão amarrado ao casco e viu, de longe, que o Gigante dormia. Chegou ao seu recanto preferido, jogou a rede, pescou os carapaus, colocou-os no caixão, equilibrou o caixão na cabeça e foi voltando para casa. Na volta, ela vinha pelo caminho bem quietinha, ainda mais quietinha do que tartaruga costuma ser de hábito, mas, quando passava em frente à casa do Gigante, ele a viu. Ela não esperou que ele chegasse perto. Abriu num berreiro medonho:

– Ai de mim, triste de mim! Ai de mim, que tristeza!

O Gigante chegou perto dela, que andava com o caixão

à cabeça, tão rápido quanto seu passo de tartaruga permitia, e perguntou:
— Comadre tartaruga, o que se passa? Que lamentos são esses?
E a tartaruga respondeu, sempre andando:
— Ah, minha mãezinha! Ah, minha pobre mãezinha. Morreu, morreu! Trago a pobrezinha aqui neste caixão. Ai, que tristeza, deixe-me passar, compadre.
O Gigante ficou com pena, disse umas palavras de consolo para a tartaruga e foi para casa cuidar da vida dele.
No dia seguinte, novamente a tartaruga passou cedinho com seu caixão amarrado ao casco. Na ida era cedo e o gigante dormia. Na volta, quando passava com o caixão cheio de carapaus, viu o Gigante andando em sua direção e começou de novo o berreiro:
— Ai de mim, triste de mim! Ai de mim, que tristeza!
Desta vez, disse que era sua tia por parte da mãe, pobrezinha, que sucumbira da tristeza de ver a irmã mortinha. O Gigante acreditou e lá foi a tartaruga com sua pescaria de volta para casa.
No terceiro dia, a tartaruga passou ainda mais cedo em frente à casa do Gigante, com seu caixão amarrado ao casco. Mas na volta, depois de abrir seu já tradicional berreiro: '— Ai de mim, triste de mim! Ai de mim, que tristeza!', o Gigante chegou-se com maus modos:
— Que coisa é essa, comadre tartaruga?
E a tartaruga, fazendo-se de muito triste:
— Ai compadre, nova desgraça. Morreu a minha tiazinha querida, irmã do meu pai! Ai, até logo, que já vou, o enterro não pode esperar...

A comadre tartaruga e seu compadre Gigante

O Gigante levantou o caixão com uma de suas mãos enormes e com a outra mão deu um sopapo na tartaruga. Disse, então:

— Vamos lá ver, comadre, que conversa é essa sua. A senhora anda a matar a família toda, não? Anteontem foi sua mãezinha, ontem foi a tia pelo lado da mãezinha, hoje é a tia pelo lado do paizinho. Parece até uma guerra, não é mesmo? Só que uma guerra particular: só acontece na sua família! Ora essa, vamos ver o que a comadre carrega de verdade neste caixão.

O Gigante abriu o caixão e o encontrou cheio de carapaus.

— Ah, comadre, danada! Tentava me enganar, não é? — exclamou o Gigante. Vamos já cozinhar estes carapauzinhos... A comadre cozinha e nós dois almoçamos esse bom peixe. Espera lá, comadre, que vou já buscar farinha!

A tartaruga não teve outro jeito. O Gigante olhava enquanto ela preparava um cheiroso pirão de carapaus. Só que o Gigante era muito guloso e, assim que a comida ficou pronta, meteu a mão na panela e foi comendo o pirão ainda fervendo.

Já a tartaruga, que não gostava de comida muito quente, ficou sem comida nenhuma, nem quente, nem fria, porque o Gigante deu cabo de tudo em poucos minutos.

No dia seguinte, a tartaruga passou logo cedo na frente da casa do Gigante, que desta vez estava bem acordado, e que foi logo puxando conversa com ela:

— Comadre tartaruga, vai à pesca, não? Nem precisa responder, que já sei que vai. Hoje a comadre tem companhia, vamos lá à pesca. Vou junto!

A tartaruga teve que aturar o Gigante como companhia para a pescaria e, na volta, ele fez o mesmo da véspera: exigiu que a comadre cozinhasse, enquanto ele só olhava, e ainda comeu toda a comida assim que ficou pronta, não deixando nadinha de nada para a pobre tartaruga, que já estava no segundo dia de fome...

No terceiro dia, de novo a tartaruga passou para a praia e teve que aguentar o Gigante junto na pesca. Lá pelas tantas da pescaria, a tartaruga viu que o Gigante estava olhando para ela com um ar muito faminto e teve muito medo. Deu um jeito de tomar certa distância, pescou seu tanto, encheu sua rede uma e outra vez e disse:

– Vamos embora, compadre Gigante, vamos fazer o nosso almoço!

Enquanto cozinhava, a tartaruga, que já tinha pensado muito no seu caso e na sua barriga roncando de fome, resolveu esticar conversa com o Gigante:

– Sabe compadre, eu estava aqui pensando... Você me passa a farinha?

O Gigante passou o saco de farinha para a tartaruga e ela prosseguiu:

– Obrigada! Sabe, eu vejo o compadre sempre tão sozinho... não pensou o compadre em casamento?

O Gigante logo se animou:

– Casamento? Mas como, com quem? Quase ninguém passa aqui e quando passa gente, moça nenhuma chega nem perto de mim!

A tartaruga pediu para o Gigante alcançar para ela umas ervas para temperar o pirão. O Gigante estendeu o maço de ervas para a tartaruga:

A comadre tartaruga e seu compadre Gigante

– Obrigadinha, compadre... Então, mas sabe o que é? Esse seu temperamento não ajuda, compadre. Esta sua mania de comer quem lhe passa pela frente assusta um pouco... E para falar a verdade, o compadre é, assim, bem feio.

O Gigante grunhiu e fez uma cara ainda mais medonha. A tartaruga não se intimidou e continuou sua conversinha:

– Ah, não fique bravo, compadre, já dizia minha avó que moço para se casar não precisa ser bonito... Mas, sabe, a gente precisa só dar um empurrãozinho para o seu casamento acontecer, e eu tenho já uma ideia. Deixe que eu apague aqui o fogo um momentinho. Pronto. Venha cá, compadre.

O Gigante acompanhou a tartaruga até um morro perto da casa. Ela continuou:

– Olhe, compadre, faça o seguinte: cave aqui um buraco bem fundo e se meta dentro dele. Eu vou em busca de uma noiva. Quando eu voltar com a noiva eu aviso o compadre, que estica a mão e leva a moça para o buraco. Aí o compadre começa uma conversa interessante, adianta o namoro, e quando vocês saírem, ela vai estar apaixonada e, já viu, como dizia minha outra avó: quem o feio ama, bonito lhe parece! Pronto, estará tudo resolvido. O que é que o meu compadre acha?

O Gigante achou ótima a ideia. Puxa, como a tartaruga era inteligente! Arranjar-lhe uma noiva assim? Que boa coisa!

Esquecido da fome, dos carapaus, do almoço e de tudo o mais, o Gigante começou a cavar o buraco.

A tartaruga, bem calminha, voltou para a cozinha, esperou o pirão esfriar, comeu à larga e depois gritou para o Gigante:

– Compadre, esconda-se, estou chegando com a noiva!

O Gigante foi para dentro do buraco e lá ficou bem

quieto. A tartaruga, muito esperta, veio chegando perto, com uma grade e uma corda na cabeça e, fazendo de conta que estava acompanhada, falava alto e bem sozinha:

— Minha linda, que bonita você é! Pois é, eu tenho que apresentar você a esse meu amigo, sabe? Um grande homem, você verá. Sim, sim, muito conversado, sem dúvida. Dono aqui desta bela propriedade à beira-mar...

Enquanto prosseguia neste monólogo, a tartaruga assentou a grade na entrada do buraco, preparou a corda e chamou pelo Gigante:

— Compadre, você está aí? Olhe, estenda aqui suas mãos para cumprimentar esta bela moça que aqui está.

Quando o Gigante estendeu as mãos, a tartaruga laçou-as com a corda e amarrou-as bem amarradas na grade. Assim, o Gigante ficou preso e a tartaruga, bem feliz, ficou dias e dias passando para a pesca, bem sossegada.

Mas acontece que um dia, um macaco passou por ali e ouviu o Gigante pedindo socorro.

Foi lá perto ver o que era e o Gigante pediu a ele:

— Ah, compadre macaco, me desamarre, por favor! São horas de comer, vamos comer juntos!

O macaco, iludido, pensando que se tratava de um convite para o almoço, soltou o Gigante, que avançou logo nele, prendendo-o pelo pescoço e bradando:

— São mesmo horas de comer, compadre macaco, e você será meu almoço!!!

O macaco começou a gritar e chamou a atenção da abelha Bendê Panu, que estava voando por ali a caminho de sua colmeia.

Bendê Panu voou ali ao lado e cumprimentou:

A comadre tartaruga e seu compadre Gigante

– Bom dia compadre Gigante, bom dia compadre Macaco. Estão brincando de lutar?

O Gigante ficou sem graça e disse que sim, que estavam ali lutando um pouco, assim, por esporte. Enquanto isso, o macaco estava quase verde de tanto ter seu pescoço apertado, e, sufocado, cumprimentou a abelha:

– Bom dia, comadre Bendê Panu.

A abelha Bendê Panu, que não era boba nem nada, logo percebeu que o macaco iria virar almoço do Gigante e falou.

– Bem, tenho aqui um decreto imperial. Vocês precisarão interromper um pouco o exercício para cumprirem o que manda o Rei. É para todos baterem palmas por cinco minutos, para evitar que o céu caia sobre nossas cabeças.

O Gigante fez cara de desentendido, mas a abelha Bendê Panu disse:

– Vamos, vamos, rapazes! Já vejo que estão se divertindo aí no seu exercício de luta, mas ordens reais são ordens reais. Vamos já bater palmas!

O Gigante largou o macaco, que disfarçou um pouco batendo as tais palmas mas, logo que pôde, escapuliu. Bendê Panu, a essa altura, já voava bem longe dali.

O Gigante, quando se viu sozinho, com fome, enganado e sem almoço lembrou-se logo de ir atrás da comadre tartaruga para se vingar.

Foi à casa da tartaruga e não encontrou ali ninguém. Entrou na casa e pôs-se a esperar pela volta da comadre. Mas acontece que, sendo um gigante tentando caber em uma casa pequena, ficou com um dos pés para fora, bem visível.

Quando a tartaruga voltava para casa, de longe viu aquele pé saindo de sua porta e desconfiou que era o Gigante que tinha se soltado. Resolveu fazer um teste. Chegou ao portão e chamou assim:

– Minha casa? Minha casinha?

E continuou, em voz bem alta:

– Que coisa, minha casa hoje não responde! Ela sempre responde ao meu chamado, dizendo 'olá, tartaruga'. Vai ver que está alguém lá dentro e a casa está conversando com a pessoa que apareceu de repente. Melhor eu voltar outra hora, porque não tenho nada para oferecer para uma visita...

O Gigante, ouvindo isso, e desejando pegar logo a tartaruga para se vingar dela, respondeu:

– Olá, tartaruga!

Foi aí mesmo que a tartaruga teve a certeza de que o Gigante estava à sua espera. Ela viu que não teria outra saída e, assim, fugiu para dentro da mata indo fazer sua vida do outro lado da ilha.

Referências bibliográficas

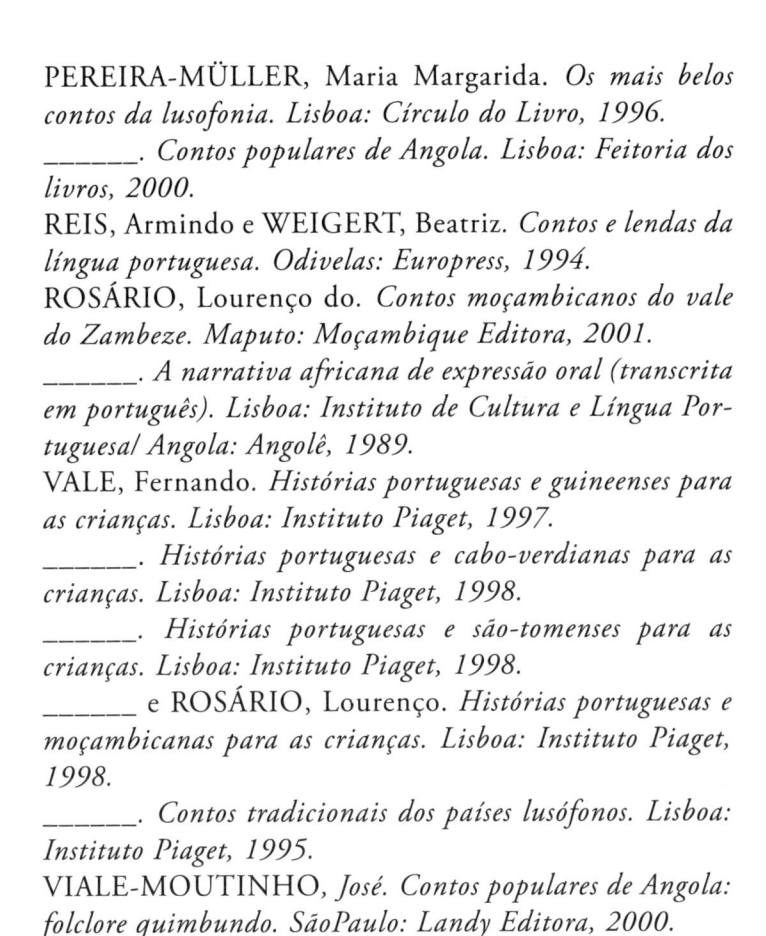

PEREIRA-MÜLLER, Maria Margarida. *Os mais belos contos da lusofonia*. Lisboa: Círculo do Livro, 1996.
_____. *Contos populares de Angola*. Lisboa: Feitoria dos livros, 2000.
REIS, Armindo e WEIGERT, Beatriz. *Contos e lendas da língua portuguesa*. Odivelas: Europress, 1994.
ROSÁRIO, Lourenço do. *Contos moçambicanos do vale do Zambeze*. Maputo: Moçambique Editora, 2001.
_____. *A narrativa africana de expressão oral (transcrita em português)*. Lisboa: Instituto de Cultura e Língua Portuguesa/ Angola: Angolê, 1989.
VALE, Fernando. *Histórias portuguesas e guineenses para as crianças*. Lisboa: Instituto Piaget, 1997.
_____. *Histórias portuguesas e cabo-verdianas para as crianças*. Lisboa: Instituto Piaget, 1998.
_____. *Histórias portuguesas e são-tomenses para as crianças*. Lisboa: Instituto Piaget, 1998.
_____ e ROSÁRIO, Lourenço. *Histórias portuguesas e moçambicanas para as crianças*. Lisboa: Instituto Piaget, 1998.
_____. *Contos tradicionais dos países lusófonos*. Lisboa: Instituto Piaget, 1995.
VIALE-MOUTINHO, José. *Contos populares de Angola: folclore quimbundo*. SãoPaulo: Landy Editora, 2000.

Susana Ventura

Susana Ramos Ventura é mestre (2001) e doutora (2006) em Letras pela Universidade de São Paulo na área de Estudos Comparados de Literaturas de Língua Portuguesa e Literatura para Crianças e Jovens. Atualmente está vinculada ao Programa Avançado de Cultura Contemporânea (PACC) da UFRJ, desenvolvendo trabalho de pós-doutorado. Pesquisadora ligada ao CLEPUL (Centro de Estudos de Literaturas Lusófonas e Europeias da Universidade de Lisboa) e ao CRIMIC (Centro de Investigação sobre os Mundos Ibéricos Contemporâneos) – Sorbonne, Paris IV. Autora dos livros *O Príncipe das Palmas Verdes e outros contos portugueses*, *O tambor africano e outros contos dos países africanos de língua portuguesa* (2013, Editora Volta e Meia), *Convite à navegação – uma conversa sobre literatura portuguesa* (2012, Editora Peirópolis), entre outros. Trabalha em diversos projetos junto ao SESCSP desde 2007, como curadora, palestrante, professora e moderadora. Em 2010 foi contratada pelo Museu da Língua Portuguesa e Ministério das Relações Exteriores para seleção de textos de literaturas africanas de língua portuguesa e composição de material sobre escritores e países de Língua Portuguesa para a exposição Linguaviagem do Itamaraty.

Impressão e Acabamento | Gráfica Viena
Todo papel desta obra possui certificação FSC® do fabricante.
Produzido conforme melhores práticas de gestão ambiental (ISO 14001)
www.graficaviena.com.br